Deseo

UN BROTE DE ESPERANZA

KATE HARDY

Editado por HARLEQUIN IBÉRICA, S.A.
Núñez de Balboa, 56
28001 Madrid

Un brote de esperanza, n.º 2018 - 7.1.15
Título original: Hotly Bedded, Conveniently Wedded
Publicada originalmente por Mills & Boon®, Ltd., Londres.

I.S.B.N.: 978-84-687-5647-9
Depósito legal: M-28243-2014
Editor responsable: Luis Pugni
Impresión en CPI (Barcelona)
Fecha impresion para Argentina: 6.7.15
Distribuidor exclusivo para España: LOGISTA
Distribuidor para México: CODIPLYRSA
Distribuidores para Argentina: Interior, DGP, S.A. Alvarado 2118.
Cap. Fed./Buenos Aires y Gran Buenos Aires, VACCARO HNOS.

Capítulo Uno

–¿Qué has dicho?

Isobel no podía creerse lo que acababa de oír. Estaba acostumbrada a que Alex le preguntara si podía dormir en su sofá en sus frecuentes visitas a Londres, pues tenía su apartamento alquilado, pero aquella petición era…

No, no podía ser. Tenía que haberlo entendido mal.

–¿Quieres casarte conmigo? –le repitió Alex.

¿Le estaría tomando el pelo? No lo parecía, a juzgar por su expresión. Además, Alex no solía hacer ese tipo de bromas.

–No entiendo. ¿Te has vuelto loco o qué?

–Nada de eso. Simplemente necesito casarme y creo que tú serías la mujer perfecta.

¿La mujer perfecta? Ni muchísimo menos. Ya había fracasado estrepitosamente con Gary.

–Las mujeres se mueren por ti… Podrías tener a cualquiera.

Él se echó a reír.

–No se mueren por mí, Bel. No es más que un rumor que empezó Saskia.

Saskia era la hermana pequeña de Alex, y había sido la mejor amiga de Isobel desde que eran niñas, pero Isobel no estaba tan segura de que aquel comentario fuera solo una broma.

–Sé a ciencia cierta que te han hecho más proposiciones de las que ningún hombre podría desear.

–Por parte de mujeres que fantasean con el Cazador, no conmigo.

–Para ellas sois la misma persona –y también para Isobel. Alex había presentado en televisión un programa de arqueología basado en los artículos que él mismo había escrito para un periódico, y cuando Isobel se acurrucaba en el sofá para verlo le parecía igual de natural y espontáneo que en la vida real. Listo y culto, pero con una personalidad natural y entrañable que enamoraba a las mujeres y lo hacía popular entre los hombres. El personaje del Cazador lo catapultó a la fama como un intrépido explorador que se adentraba en los lugares más recónditos del planeta en busca de fabulosos tesoros.

–Dile a tus amigos periodistas que estás buscando esposa y te lloverán las candidatas.

–Los periodistas no son amigos de nadie salvo de ellos mismos –la corrigió Alex–. Y ninguna de esas candidatas sería como tú... Una mujer sensata y responsable.

Isobel carraspeó. ¿Alex quería casarse con ella porque era una mujer sensata? La gente no se casaba por eso. Aunque, por otro lado, a ella no le había funcionado el matrimonio por amor.

–¿Por qué necesitas casarte?

–Porque necesito conseguir un trabajo.

–Ahora sí que no entiendo nada. Aparte de que no tienes que casarte para conseguir un trabajo, ¿para qué necesitas un trabajo si estás forrado?

–No es por el dinero.

–¿Entonces por qué?

–Es… complicado.

Isobel se recostó en el sofá.

–Explícamelo, Alex. ¿Para qué necesitas casarte?

–Para un trabajo que me han ofrecido. Es perfecto, Bel. Asesor arqueológico para una empresa que trabaja con las inmobiliarias más importantes. Estaría a cargo del equipo de arqueólogos responsables de excavar en una zona de obras cuando la empresa constructora se topa con restos importantes.

–¿Un trabajo de oficina? –Isobel sacudió la cabeza–. No durarías ni cinco minutos en un despacho.

–No es un trabajo de oficina. Me encargaré de examinar el lugar, de colaborar con los responsables de planificación y de pedir más tiempo para las excavaciones. Además, sería el encargado de hablar con la prensa y explicar el significado e importancia del hallazgo.

Visto así parecía el tipo de trabajo ideal para Alex. Ser el primero en descubrir un yacimiento arqueológico y tener que desenterrar los restos a toda prisa para que los constructores pudieran acabar la obra a tiempo supondría un emocionante y desafío para alguien que valoraba su trabajo por encima de todo.

–Sigo sin entender por qué necesitas un trabajo. ¿Vas a dejar de ser el Cazador?

–Claro que no. Pero eso solo me ocupa unas pocas semanas al año.

Aquello ya tenía más sentido. Alex era un adicto al trabajo, y en dos días podía hacer más que una persona normal en una semana.

–Dicho de otro modo, necesitas estar ocupado y no tener tiempo para descarriarte.

Él volvió a reírse.

–Exacto. Podría trabajar más en televisión, pero he hablado con mi agente y hemos llegado a la conclusión de que sería un error aparecer en pantalla más de la cuenta. Es mejor que la gente se quede con ganas de más que cansarlos con mi cara. Por eso necesito algo más que me mantenga ocupado.

–¿Y tus artículos?

–Como tú misma has señalado, no aguantaría estar sentado todo el día ante un ordenador. Necesito algo más variado.

–¿Qué tal dar clases? Los estudiantes serían todos diferentes.

Alex arrugó la nariz.

–He recibido algunas ofertas, pero sinceramente, no quiero dedicarme a la enseñanza.

Isobel frunció el ceño.

–¿Qué tiene de malo lo que haces ahora?

–Nada. Me encanta el trabajo autónomo, pero ya tengo treinta y cinco años, Bel, y debo ser realista. Dentro de diez o veinte años no querré pasarme horas arrodillado en una zanja bajo la lluvia. Quiero elegir bien ahora, mientras tenga todas las opciones abiertas.

La explicación tenía su lógica, aunque Alex tenía personalidad de sobra para crearse sus propias oportunidades cuando quisiera. Isobel tenía la sensación de que le estaba ocultando algo, pero no sabía qué. ¿Una relación frustrada, quizá? No era muy probable, porque a Alex las novias no le duraban más de media docena de citas.

–¿Y qué tiene que ver todo esto con el matrimonio?

–El dueño de la empresa quiere un hombre casado para el puesto.

Isobel soltó un resoplido.

–Eso es discriminación y va contra la ley, Alex.

–No me preguntarán directamente por mi estado civil, pero los dos últimos tipos a los que contrataron solo duraron seis semanas en la empresa. Recibieron una oferta que no pudieron rechazar para, cito textualmente: «Una apasionante excavación en el extranjero».

Los dos se rieron, pues ambos sabían que la auténtica arqueología no tenía nada de apasionante. Lo que Alex hacía para la televisión solo representaba una minúscula fracción del durísimo trabajo que tenía lugar tras las cámaras, y desde luego no se grababan los largos y tediosos intervalos entre un hallazgo y otro.

–Quieren a alguien que se comprometa con el proyecto al menos durante dos años –continuó Alex–. Y un hombre casado es mucho más fiable en ese aspecto.

Isobel hizo una mueca.
–El matrimonio no siempre significa compromiso.
–Lo siento, cielo. No quería abrir viejas heridas.
–Lo sé –Alex no siempre se paraba a pensar. Seguramente porque lo hacía todo a gran velocidad y su cabeza estaba atiborrada de recuerdos, igual que la de Isobel. Era una de las razones por las que siempre se habían llevado tan bien.
Alex le tomó la mano y se la apretó.
–Sabes lo que quiero decir. Mi reputación de viajero errante me acabará perjudicando. Mi madre dice que soy como su abuelo…
–Que conoció a tu bisabuela cuando ella acompañaba a tu tatarabuelo a una excavación en Egipto y se enamoró perdidamente de ella –concluyó Isobel. Conocía perfectamente la historia y siempre le había parecido muy romántica. Alex llevaba la arqueología en la sangre, y por eso encajaba a la perfección en el papel del Cazador. Vestido con vaqueros, camisa blanca y un sombrero Akubra, Alex Richardson hacía suspirar a las mujeres con su pelo largo y negro y unos penetrantes ojos grises que contrastaban con su piel aceituna.
–Me he pasado los últimos años de un lado para otro, excavando o rodando programas.
–Eso demuestra lo comprometido que estás con tu trabajo.
–No es suficiente –sacudió la cabeza con frustración–. El programa de la tele me hace parecer el típico aventurero rebelde y solitario que no acata órdenes de nadie.

Isobel no podía refutar aquella descripción, porque era exactamente lo que parecía Alex.

–Por eso necesito casarme. Para demostrar que puedo echar raíces.

–Me sigue pareciendo un motivo ridículo para casarse. ¿Y por qué conmigo?

–Ya te lo dicho. Porque eres sensata y responsable.

–¿Quieres decir que soy una persona formal y aburrida?

–No –dijo él, riendo–. Simplemente te conozco desde siempre. Eres la chica de al lado.

–No somos vecinos desde que te marchaste a Oxford cuando yo tenía trece años. De eso hace diecisiete años.

–Siempre estabas en casa cuando yo volvía por vacaciones –le recordó él.

La chica de al lado. Una simple vecina. Alex nunca se había fijado en ella como mujer.

–Oye, nunca había pensado casarme. La arqueología es mi vida, igual que el museo es la tuya, y en mi vida no hay espacio para otra relación.

Ella arqueó una ceja.

–Lo siento, Bel. A veces soy un bocazas. Lo que quiero decir es que si voy a casarme quiero hacerlo con alguien que me guste. Alguien con quien tenga muchas cosas en común. Alguien en quien confíe.

Isobel se sintió halagada de que la tuviera en tan alta estima, pero no la convencía del todo.

–¿Y el amor?

Él se encogió de hombros.

–No creo en el amor.

Isobel no podía criticárselo, pues también ella había dejado de creer en el amor. Su amor por Gary no había bastado para que su matrimonio funcionara. Por otro lado, un matrimonio sin amor le parecía una equivocación.

–Tus tres hermanas están casadas y felizmente enamoradas de sus maridos...

–Para las mujeres es diferente.

–¿Desde cuándo eres un machista?

Él frunció el ceño.

–No soy machista. Esto no tiene nada que ver con las diferencias de género. Es solo que... –volvió a encogerse de hombros– no soy como ellas.

–Entonces... estás buscando a alguien de tu agrado, que comparta tus intereses y que no te ate.

–No es mi intención tener una lista de amantes ni serle infiel a mi esposa, si es eso lo que estás pensando.

Alex salía con muchas chicas y seguramente se acostaba con todas ellas. ¿De verdad estaba dispuesto a renunciar a todo eso y tener sexo únicamente con su mujer?

¿Con ella? De repente volvió a tener dieciocho años, cuando Alex la besó. Solo fue un beso, pero qué beso. La había dejado sin aliento y, por un alocado instante, había pensado que no la veía como a la hermana pequeña de su mejor amigo, sino como a su alma gemela, alguien que compartía sus gustos y por quien se sentía atraído. Pero no tardó en descubrir que Alex solo estaba siendo amable con ella, demostrándole que solo porque el imbécil de su novio la hubiera dejado no significaba que nunca más volverían a besarla.

Y así se lo había dicho. Le dijo que pronto encontraría a otra persona y que tenía toda la vida por delante.

El beso no había significado nada para Alex. Y nada había cambiado desde entonces. Alex seguía viéndola como una amiga, una amiga íntima tal vez, pero solo una amiga.

De ningún modo aquel matrimonio podría funcionar. Ella ya había cometido el error de casarse y por nada del mundo volvería a pasar por lo mismo.

–Lo siento, Alex. No puedo casarme contigo.

La expresión de Alex se tornó impasible.

–¿Por qué no?

–Porque no está bien que dos personas se casen si no se quieren.

Él hizo un gesto desdeñoso con la mano.

–Yo te quiero, Bel.

–Pero no de esa manera, Alex. Y no estoy dispuesta a pasar por lo mismo.

Alex la miró fijamente.

–Espera un momento. ¿Estás diciendo que Gary no te quería? ¿Te fue infiel?

Ella negó con la cabeza.

–No cometió ninguna infidelidad. Dejémoslo en que nuestro matrimonio se convirtió en un infierno.

Parecía incómoda, y Alex intuyó que no le estaba contando toda la verdad. Pero decidió no presionarla y esperar a que ella se lo contara cuando estuviera lista.

–A Gary, sin embargo, no le costó mucho tiempo buscarse a otra. Con ella acaba de tener su primer hijo.

El dolor se adivinaba en sus palabras. Alex nunca le había preguntado por qué había roto con Gary. No era asunto suyo y no quería abrir viejas heridas. Pero siempre había sospechado que Gary quería tener hijos y que Isobel no se sentía preparada para abandonar su carrera.

¿Podría ser que hubiera sido ella la que quería tener hijos y no Gary?

No, imposible. A Isobel le gustaban los niños, de lo contrario no podría desempeñar bien su trabajo, pero su trabajo le gustaba aún más. Además de ser conservadora en exposiciones y museos, durante las vacaciones escolares y los fines de semana se vestía de patricia y ofrecía demostraciones culinarias y de las tradiciones populares en la Britania romana.

Pero, aunque no quisiera anteponer un hijo a su carrera, que su exmarido hubiera tenido un hijo con otra mujer evidenciaba que la relación entre Gary y ella estaba definitivamente acabada y sin ninguna posibilidad de retomarla.

Según la hermana de Alex, Isobel no había estado con ningún hombre desde que se separó de Gary, hacía dos años, por lo que quizá siguiera enamorada de él. A Alex nunca le había gustado Gary por varias razones, era un hombre débil y sin imaginación, incapaz de hacer feliz a una mujer como Isobel.

–Ven aquí –la estrechó entre sus brazos y la apretó contra él–. Lo siento.

–¿Qué sientes?

–Siento que tu matrimonio no funcionara –le acarició el pelo–. Sé que no quieres oírlo, pero Gary nunca fue lo bastante bueno para ti.

–Al menos no me pidió que me casara con él porque soy sensata y responsable.

Alex se apartó.

–Te lo he pedido porque quiero ese trabajo, y el matrimonio me brindará la respetabilidad que necesito.

–Tonterías. Con tu retórica puedes conseguir todo lo que quieras.

–Todo menos conseguir que te cases conmigo –recalcó él–. Y si te lo he pedido, aparte de por ser una mujer sensata, es porque eres mi amiga y te conozco desde hace años. Me gusta estar contigo y confío en ti. Todo eso supone una base mucho más sólida para casarse que estar enamorado de alguien –torció el gesto al pensar en Dorinda, el mayor error que había cometido en su vida–. El enamoramiento es una reacción hormonal y pasajera, mientras que la amistad es algo permanente.

–¿De verdad lo es? Porque eso es lo que me preocupa, Alex –se mordió el labio–. No quiero perder tu amistad cuando todo se tuerza.

Alex suspiró.

–Nada va a torcerse y nada va a cambiar entre nosotros.

–¿Cómo lo sabes? A menos que solo quieras un matrimonio sobre el papel. Pero has dicho que no piensas tener más amantes, por lo que tengo que suponer que… –se calló y se puso colorada.

–¿Suponer qué, Bel?

–Que el matrimonio implicaría tener sexo –murmuró, ruborizándose aún más.

Alex sintió que le ardía la piel. Tener sexo con Isobel... En esos momentos la estaba abrazando. Muy ligeramente, pero abrazándola al fin y al cabo. Solo tenía que inclinarse hacia delante, agachar la cabeza y besarla.

Recordó la última vez que la había besado, sin contar los amistosos besos en la mejilla que acompañaban a los abrazos tras una larga temporada sin verse. Fue la noche en la que Isobel había ido a verlo con lágrimas en los ojos porque su novio la había abandonado por otra más divertida y menos responsable que ella. Saskia había salido y Alex hizo pasar a Isobel al cenador del jardín para una charla seria. Le dijo que su novio era un idiota y que no merecía la pena, porque había un mundo ahí fuera esperándola.

Y entonces la besó. Solo una vez, antes de recordar que Isobel tenía dieciocho años y él, veintitrés y mucha más experiencia que ella.

Se preguntó qué habría pasado si la hubiera besado otra vez. ¿Habrían acabado haciendo el amor en el cenador? ¿Habría sido él quien la introdujera en los placeres del sexo?

Su cuerpo reaccionaba de manera inquietante a la idea.

–Y además, no soy tu tipo –le dijo ella.

–Yo no tengo un tipo de mujer –protestó él.

–Sí, claro que lo tienes. Te gustan las mujeres morenas, altas, delgadas y con larguísimas piernas.

–Tú eres morena –su pelo era de un bonito color castaño, suave y sedoso–. Y no eres tan bajita –era más voluptuosa que delgada, pero Alex tenía tres hermanas y sabía que no era prudente discutir con una mujer de su peso o su figura.

–Mido uno sesenta y cuatro. Mi estatura está por debajo de la media.

Él sonrió.

–Eres dos centímetros más alta que la mujer romana media del siglo IV.

–¿Dónde has aprendido eso?

–Fuiste tú quien me lo dijo –le recordó él, riendo–. Cuando estabas preparando tu primera charla sobre las mujeres romanas.

–¿Te acuerdas de eso? –le preguntó, sorprendida.

–Pues claro. Estuvimos hablando del tema toda la noche, después de que te murieras de aburrimiento con las fotos de mis últimas excavaciones.

–No me aburrí.

–¿Lo ves? Tenemos muchas cosas en común y los dos nos gustamos. Podría funcionar, Bel.

El rubor volvió a cubrirle las mejillas.

–¿Y si no somos compatibles?

–¿Compatibles?

–En el sexo. ¿Y si soy un desastre en la cama?

–Si eso te dijo Gary es evidente que el desastre era él y que te echó las culpas a ti para salvar su ego.

–Mmm.

–Mírame, Bel –tenía unos grandes ojos marrones que se iluminaban con destellos topacios al reírse y unos labios rosados y perfectos. ¿Por qué nunca se había fijado antes?–. Creo que seríamos... –el corazón le dio un vuelco– compatibles.

–¡No me puedo creer que estemos hablando de esto! –exclamó ella, apartándose–. ¿Por qué no te has casado nunca, Alex?

–Porque mi trabajo me obligaba a estar siempre de viaje, y no me parecía justo pasar tanto tiempo fuera de casa ni tampoco arrastrar a mi mujer de un lado para otro.

–¿Y nunca has conocido a nadie por quien te mereciera la pena instalarte?

Una vez, pero fue hace mucho tiempo, pensó él. Cuando aún veía el mundo de color rosa. Antes de descubrir que Dorinda era una mentirosa sin escrúpulos que tomaba a todo el mundo por estúpido, incluido él. Desde entonces no había vuelto a confiar en nadie. Rehuía las relaciones serias y se limitaba a divertirse sin compromiso ni riesgo alguno para su corazón.

–Ya te lo he dicho; no creo en el amor. Pero sí creo en la amistad y en la honestidad. Y si te casas conmigo seré un buen marido –mucho mejor de lo que había sido Gary.

–No puedo casarme. Pídeselo a otra.

No había nadie más en quien confiara lo suficiente para contraer matrimonio.

–Está bien, olvídalo. Vamos, te invito a cenar fuera.

–¿Por qué?

–No hay ningún motivo. Has dicho que no y yo no voy a presionarte para que cambies de opinión.

Vas a darme alojamiento unos días, Bel. Llevarte a cenar es lo menos que puedo hacer para darte las gracias.

–No tienes por qué hacerlo, Alex. Sabes que puedes quedarte aquí siempre que quieras.

Él sonrió.

–Lo sé, pero me gusta salir a cenar contigo, hablar de historia, reír y comerme la mitad de tu postre.

Ella puso los ojos en blanco.

–Eres imposible –pero sonrió y volvió a relajarse.

–¿Sigue abierto el restaurante marroquí al que fuimos la última vez?

–Creo que sí.

–Estupendo. Vamos.

Capítulo Dos

A Isobel siempre la sorprendía que Alex prefiriera desplazarse en metro en vez de tomar un taxi.

Era casi imposible hablar en el metro; los vagones estaban atestados. Por suerte, la falta de espacio impedía que Alex y ella pudieran mirarse a los ojos o hablar, lo que le daba tiempo para pensar en lo que le había dicho.

Casarse con Alex, acostarse con él. Siempre había disfrutado de su amistad. Y se había casado con Gary porque creía estar enamorada.

Pero una parte de ella siempre se había preguntado qué habría pasado si Alex no hubiese tenido una sucesión de novias despampanantes o si hubiera vuelto a besarla cuando ella tenía veintiún años. ¿Habría acabado con él en vez de irse con Gary?

El pánico la invadió. Tenía que estar loca para plantearse siquiera la posibilidad. El matrimonio jamás podría funcionar entre ellos. Ella solo había tenido una relación seria antes de Gary, mientras que Alex había tenido una novia tras otra. Una mujer como ella jamás podría cumplir con sus expectativas.

Las palabras de Alex resonaban en su cabeza: «Me gusta estar contigo y confío en ti. Todo eso supone una base mucho más sólida para casarse que estar enamorado de alguien».

¿Tendría razón? ¿Serían la confianza y la amistad unos fundamentos mejores para el matrimonio que el amor y el deseo? ¿Debería haberle dicho que sí?

Apareció una nota delante de sus ojos, escrita con la elegante letra de Alex.

«Deja de darle vueltas. Salir a cenar significa salir a cenar». La última palabra estaba en mayúsculas y subrayada tres veces.

Ella lo miró y articuló una disculpa con los labios. Él le sonrió y a Isobel le dio un vuelco el corazón. ¿Cómo era posible? Tenía treinta años y había dejado atrás la fase hormonal de la adolescencia.

El tren se detuvo en su parada y la gente salió en tropel. Seguía siendo imposible hablar, pero Isobel sentía la presencia de Alex tras ella mientras subían las escaleras mecánicas. Tan cerca que podría apoyarse en él.

¿Cómo sería sentir los brazos de Alex rodeándola? ¿Cómo sería sentir sus manos en su piel desnuda? ¿Cómo sería sentir su boca besándola en sus zonas más íntimas?

–¿Estás bien? –le preguntó él cuando salieron a la calle.

–Sí, muy bien.

–Mentirosa –le agarró la mano y le dio un ligero apretón. Fue un contacto muy breve, pero le provocó un estremecimiento por todo el cuerpo.

No, no podía experimentar una reacción semejante por Alex. El simple hecho de pensarlo demostraba que se estaba buscando problemas. Había amado profundamente a Gary y no pudo impedir que todo saliera mal. Por su propio bien tenía que guardar las distancias con Alex.

–No miento –insistió, pero no lo miró a los ojos hasta que llegaron al restaurante.

Alex le abrió la puerta.

–Me da igual si mis buenos modales ofenden tu ego feminista, pero así me educaron.

–Gracias –también a ella la habían educado así.

Entrar en el restaurante era como salir de Londres y adentrarse en un zoco. El aire olía a canela y cardamomo y la decoración era tan hermosa como la recordaba; las paredes estaban pintadas de color azafrán, terracota y rojo oscuro, a juego con los cojines de seda que cubrían las sillas de hierro forjado. Las sedas que colgaban del techo daban la impresión de estar en la jaima de un jeque árabe. Las velas ardían en las mesas de cristal y había pétalos de rosa esparcidos por doquier.

El camarero los llevó a la mesa y les entregó un menú a cada uno.

–¿Te parece bien vino tinto? –le preguntó Alex.

–Perfecto.

–Bien. Para empezar tomaremos meze, ¿o prefieres algún entremés en particular?

–Te dejo elegir a ti –sabía lo mucho que disfrutaba Alex haciéndolo. Y como él había dicho, los dos tenían gustos similares, por lo que le gustaría cualquier cosa que Alex eligiera.

–¿Y para luego qué vas a pedir?

–Tajín de pollo al limón.

–Creo que tomaré lo mismo. Después elegimos el postre –y después del postre, si ella hubiera aceptado su propuesta, Alex se la habría llevado a la cama y le hubiera demostrado hasta qué punto eran compatibles.

Alex le estuvo hablando de la excavación que había llevado a cabo en Turquía, pero ella estaba tan absorta en sus pensamientos que se limitó a asentir y murmurar de vez en cuando. Pero lo peor fue cuando les sirvieron el meze, una selección de aperitivos para compartir. La comida marroquí se tomaba tradicionalmente con las manos o ayudándose con el pan de pita, y cada vez que Isobel agarraba un pedazo sus dedos se rozaban con los de Alex. Nunca le había importado, pero aquella noche el contacto más leve le provocaba un hormigueo y una ola de calor que se le propagaba por las zonas más erógenas. Lamentó llevar tan solo una fina camiseta, si a Alex se le ocurría decir una sola palabra de sus pezones, le tiraría el tajín a la cabeza.

Comió en silencio hasta que Alex dejó escapar un suspiro.

–¿De verdad sería tan horrible?

–¿El qué?

–Acostarte conmigo.

Isobel sintió que se ponía colorada.

–¡Alex!

–No has abierto la boca desde que te sugerí que nos casáramos.

«Y que nos acostáramos».

–Es que nunca había pensado en ti de esa manera –lo cual no era cierto.

–¿Nunca? Ni siquiera cuando tenías... ¿cuántos?, ¿dieciocho años?

La única vez que Alex la había besado en la boca.

–No –lo miró con curiosidad. ¿También se acordaba de aquel beso? ¿Le estaría diciendo que para él también había sido algo especial?

–¿En serio?

–No, cuando tenía dieciocho años desde luego que no.

Él movió la mano.

–Bel, cuando tenías dieciocho años yo tenía veintitrés. Es una diferencia muy grande a esas edades. Pero ahora tienes treinta y yo, treinta y cinco.

Ella sabía que iba a arrepentirse, pero no pudo evitar preguntarle:

–¿Y?

–Y ahora mismo estoy pensando en ti de esa manera –sus ojos brillaban de un modo que ella nunca había visto antes. Un destello de interés masculino que no dejaba lugar a dudas. La estaba viendo como una mujer, no como amiga.

Isobel ahogó un gemido.

–Tú también, ¿verdad?

–Sí –admitió con voz débil.

–Bien. Quédate con ese pensamiento.

Era como aventurarse en un universo paralelo. La idea de convertirse en la amante de Alex. El día anterior habría sido impensable, pero la posibilidad real hacía que le hirviera la sangre en las venas.

Le costó concentrarse en los postres y al final se decantó por bagrir con miel, helado y nueces. Alex, como era de esperar, pidió helado de chocolate y cardamomo.

–Delicioso –dijo al probarlo–. Abre la boca.

Las imágenes se le agolparon en la cabeza, y su expresión debió de reflejarlo, porque vio que las mejillas de Alex se cubrían de rubor.

–Me refiero a que pruebes el helado. Es de cardamomo... Ya sé que no te gusta nada el de chocolate.

¿Quería que se inclinara hacia delante y aceptara un bocado de su cuchara? La camiseta tenía el cuello en V y si se inclinaba sobre la mesa le brindaría una amplia vista de su escote.

Los pezones se le endurecieron aún más al pensarlo.

–Se está derritiendo, Bel. Date prisa –la acució él, ofreciéndole la cuchara.

Ella se acercó y abrió la boca. Dejó que Alex le rozara el labio inferior con la fría cuchara antes de engullir el helado.

–¿Te gusta? –le preguntó él, y ella tuvo el presentimiento de que no se refería solamente al helado.

–Mucho.

Él le dedicó una sonrisa cálida y sensual que le aceleró los latidos del corazón.

–Me toca –habían hecho aquello muchas veces, compartir un postre, darse a probar del plato de cada uno, robarse mutuamente pedacitos de pan o dar sorbos de la taza del otro.

Pero aquella noche era distinto. Se estaban dando de comer el uno al otro como si fueran una pareja de enamorados. Y cuando Alex aceptó el trozo de bagrir que ella le ofrecía, Isobel supo por su mirada que estaba pensando lo mismo.

Acabada la cena y el té de menta, se subieron a un taxi para volver a casa y Alex le agarró la mano en silencio. Su tacto era reconfortante y al mismo tiempo excitante.

Nunca se habían tomado de la mano. Isobel estaba acostumbrada a los abrazos amistosos y fraternales, pero no había nada de fraternal en la forma en la que Alex le agarraba la mano en aquel momento. Sentía la fuerza de sus dedos y el pulso de sus venas sincronizado con el suyo.

Al llegar a su destino, Alex pagó la carrera y le abrió la puerta. A Isobel le temblaban tanto las manos al teclear el código de seguridad que tuvo que repetirlo tres veces hasta presionar los botones en el orden correcto. Cuando consiguió abrir la puerta estaba hecha un manojo de nervios.

Alex se detuvo y se apoyó en el quicio de la puerta.

–Esta noche dormiré en el sofá. No quiero presionarte para hacer algo que no quieras.

Eso era lo que más la inquietaba: lo que quería hacer. Cuanto más pensaba en acostarse con Alex, más tentada se sentía a hacerlo.

Pero no estaba dispuesta a arriesgar su amistad. Y bajo ningún concepto le confesaría su más oscuro secreto... Solo se lo había contado a Saskia, después de haberle arrancado una promesa de silencio absoluto, y jamás volvería a hablar de ello con nadie.

No podía casarse con Alex. Estaba segura de que él no quería tener hijos, pero ¿y si cambiaba de opinión y quisiera formar una familia? Eso era algo que ella no podía darle.

–¿Alguna vez te he defraudado? –le preguntó él, como si hubiera adivinado su desasosiego interno.

–No.

–Y nunca lo haré.

Tal vez, pero si se casaba con él sería ella quien lo defraudara.

–Me duele un poco la cabeza –mintió–. Creo que me iré a la cama.

–No te molestaré. ¿Quieres que te lleve un vaso de agua y una aspirina?

–No, gracias. Te prepararé el sofá cama.

–Ya lo hago yo –alargó un brazo y le acarició la mejilla–. Te veré por la mañana, Bel. Que duermas bien.

Fiel a su palabra, Alex no la molestó. Y cuando Isobel se levantó a la mañana siguiente él ya había plegado el sofá cama y había hecho café.

–Buenos días. ¿Cómo está tu cabeza?

–Mejor, gracias –la mentira había acabado siendo cierta y no le había quedado más remedio que tomarse una aspirina.

–Toma –le pasó una taza de café caliente, cargado y con leche, como a ella le gustaba–. ¿Tostadas?

–Sí, por favor –se sentó en la pequeña mesa de la cocina. Aquel era el Alex de siempre. Un amigo que la conocía tan bien que casi podía leerle el pensamiento. Aunque normalmente era ella la que hacía las tostadas y él quien se las robaba del plato.

–¿Qué vas a hacer hoy?

–Cocinas romanas –respondió ella–. ¿Y tú?

Alex se sentó a la mesa tras encender el tostador.

–Un poco de investigación –a juzgar por el tono, no debía de ser nada interesante. Y cuando ella se marchó al trabajo él seguía apagado y aburrido.

Alex necesitaba un nuevo desafío. Como el trabajo del que le había hablado el día anterior. Sus ojos brillaban de emoción al describírselo, pero ella seguía sin comprender por qué necesitaba casarse para conseguir el trabajo, y no sentía el menor remordimiento por haberlo rechazado. Había hecho lo mejor para ambos.

Pero no pudo dejar de pensar en él en todo el día. Y cuando volvió a casa por la noche y la recibió un delicioso olor procedente de la cocina sintió una punzada de culpa.

–Alex, no esperaba que cocinaras para mí.

–Es tan fácil cocinar para dos como para uno solo –repuso él.

–¿Tan aburrido estabas?

Él le tendió una copa de vino.

–Lárgate y déjame a solas con mi crisis existencial.

–Es mi casa. No voy a irme a ninguna parte –se sentó a la mesa–. ¿Qué crisis existencial, Alex? Tienes treinta y cinco años. Ni siquiera has llegado a la madurez. Y no tienes un trabajo de oficina, así que no puedes tomarte un año sabático, dejarte crecer el pelo y recorrerte el mundo en moto. ¡Así es como te ganas la vida, por amor de Dios!

–No tengo moto.

–No seas tan quisquilloso. Lo que quiero decir es que para hacer lo contrario de lo que normalmente haces tendrías que cortarte el pelo, conseguir un trabajo de oficina y llevar traje y corbata para ver a la misma persona más de tres días seguidos. Para la mayoría de la gente tu vida es una aventura –lo miró fijamente–. ¿De qué crisis me estás hablando?

Él arrugó la nariz y se apartó para servirse una copa de vino.

–Olvida lo que he dicho.

Ella negó con la cabeza.

–Esta mañana estabas muy callado. Siéntate conmigo y cuéntame qué es lo que te preocupa.

–Tengo que preparar la cena.

Isobel olisqueó el aire.

–¿Guiso de pollo al vino tinto, patatas al horno y ensalada?

–Está bien, la cena está casi hecha –admitió él con una media sonrisa–. Y si he estado callado es porque tengo demasiado tiempo libre. Empiezo a pensar y eso es peligroso.

–Cuéntamelo, Alex. ¿Qué ocurre?

–Te parecerá una locura.

–No importa.

Él suspiró y se sentó a la mesa.

–Tengo treinta y cinco años, Bel. Mis hermanas están casadas y tienen una familia, igual que todos mis compañeros de universidad. Algunos ya van por su segundo matrimonio. Me encanta lo que hago, pero empiezo a preguntarme si es esta la vida que realmente quiero.

–¿Insinúas que quieres echar raíces y tener hijos? –le preguntó ella con cautela.

–Sí. No. Tal vez –tomó un sorbo de vino–. Digamos que empiezo a pensar en mi futuro. Me gusta lo que hago, pero ¿realmente quiero hacerlo el resto de mi vida? ¿Quiero ser uno de esos eternos solteros que siguen comportándose como si tuvieran veinte años cuando han pasado de los sesenta?

Isobel sonrió.

–No te imagino así, Alex –seguiría siendo igual de encantador a cualquier edad, pero su dignidad le impediría fingir que seguía siendo joven.

–El tiempo pasa muy rápido, Bel. Antes de darme cuenta tendré cuarenta y cinco años y seré el soltero desemparejado al que invitan a cenas y fiestas para cuadrar los números y que se sienta junto a la mujer recién divorciada que odia a los hombres o que necesita compañía desesperadamente.

Isobel frunció el ceño.

–No te reconozco, Alex. Y todo esto de pensar en el futuro... –de repente la asaltó una terrible sospecha–. ¿Hay algo que estés ocultando?

–¿Como qué?

Muy bien, si él no quería decirlo, lo haría ella.

–¿Estás enfermo?

La expresión de Alex se nubló y Isobel sintió un escalofrío en la espalda.

–No. Estoy perfectamente. Pero cuando estaba en la excavación recibí malas noticias de un amigo.

Isobel respiró con alivio al saber que no se trataba de Alex, pero enseguida se sintió culpable.

–Espero que tu amigo ya esté bien.

Él negó con la cabeza.

–Ha muerto. El primero de mis amigos que muere. Y cuando estaba junto a su féretro, en la misma iglesia donde se casó hace dos años, me di cuenta de lo corta e impredecible que puede ser la vida. De modo que empecé a pensar en que quizá sea el momento de echar raíces. Es uno de los requisitos que me gustan de ese nuevo trabajo: hay que viajar bastante, pero no tanto como para no poder llevar una vida familiar.

Una vida familiar. De modo que quería tener hijos. Y para ello tendría que casarse con una mujer que pudiera dárselos, no alguien como ella. Después de sus dos abortos el médico le había asegurado que podía concebir hijos sanos y que no había motivos para preocuparse hasta que se abortara una tercera vez, pero Gary no había querido arriesgarse.

Y aunque Alex no era como Gary y jamás la

abandonaría, quería una familia y era casi imposible que ella pudiera dársela.

No podía decirle la verdad. Si lo hacía, él se compadecería de ella y dejaría de verla como a una igual.

Pero si no se lo decía, si Alex iba en serio y volvía a pedírselo, ella no tendría más remedio que rechazarlo. Porque si se casaban y resultaba que ella no podía tener hijos, su matrimonio se acabaría igual que había ocurrido con Gary.

Apartó aquellos pensamientos. No se trataba de ella, sino de Alex.

–Eres el candidato idóneo para ese trabajo. Y cuando te quedes más de tres minutos en un mismo lugar, encontrarás a la mujer adecuada –le dijo alegremente, sofocando la consternación por no poder ser ella.

Capítulo Tres

Pasaron el resto de la velada charlando animadamente, como siempre hacían. Y a la mañana siguiente Alex se comportó como si nada hubiera pasado, de manera que Isobel le siguió el juego.

Llevaba una hora en la oficina cuando le llegó un paquete. Al abrirlo se encontró con una caja de bombones y una nota escrita con letra familiar: «Gracias por escucharme».

Rápidamente le escribió un correo: «Gracias por los bombones. No era necesario, pero ha sido un bonito detalle».

La respuesta de Alex llegó enseguida: «Era lo menos que podía hacer. No te los comas todos de golpe».

Isobel sonrió y siguió con el informe. A los pocos minutos recibió otro mensaje.

«¿Tienes algún plan para esta noche?».

«Nada especial. ¿Por qué?».

Transcurrieron algunos minutos.

«Te veo a la salida del trabajo. ¿A qué hora acabas hoy?».

«A las seis. ¿Tengo que cambiarme de ropa?».

«No, a no ser que vayas vestida como Flavia. Hasta luego».

Típico de Alex, no darle ninguna pista de lo que tenía planeado.

A las seis se lo encontró esperándola en el vestíbulo, vestido con una camisa y unos pantalones oscuros. Tan apetecible que a Isobel se le desbocó el corazón.

Pero aquello no era una cita. Solo eran dos amigos que se veían mientras uno de ellos estaba en Londres. Y Alex no hablaba en serio cuando le propuso matrimonio.

–Hola –lo saludó él con una arrebatadora sonrisa.

–Hola. ¿Qué tal tu día?

–No ha estado mal –le pasó un brazo por los hombros en un gesto amistoso–. ¿Y el tuyo?

–Muy bien –afortunadamente su voz no delataba los nervios. Alex y ella siempre se habían tocado. ¿Por qué, entonces, aquel abrazo le provocaba estragos?

–Estupendo. ¿Tienes hambre?

Ella sonrió.

–Teniendo en cuenta que llevo comiendo bombones todo el día…

–¿No me has dejado ni uno?

–No –respondió ella, riendo–. Pero sí que los he compartido con los colegas.

–Entonces, ¿quieres o no quieres comer antes?

–¿Antes de qué?

Alex sacó dos billetes de su cartera. Eran dos entradas para la obra *Mucho ruido y pocas nueces*, que se representaba aquella noche en el Globe. Las mejores localidades de todo el teatro.

–¡Alex! –exclamó ella con los ojos como platos. Debían de haberle costado una fortuna.

–Quería ver la obra, y es más divertido ir con alguien a quien también le gusta el teatro.

–Al menos déjame pagar mi entrada.

–No, pero puedes invitarme a tomar algo en el entreacto, si insistes.

–Claro que insisto.

–Mi querida señora Desdén... –bromeó Alex.

–Interpreté ese papel en el instituto –le recordó ella.

–Sí, lo sé. Tenía que escuchar cómo Saskia y tú lo destrozabais sin piedad en el cenador.

–¿Que lo destrozábamos, dices? –le dio un manotazo en el brazo–. Se lo diré a Saskia la próxima vez que la vea, y entonces sí que tendrás problemas.

–No lo creo. Soy su hermano preferido.

–Su único hermano, más bien.

–Y también su preferido. Bueno, ¿cenamos antes o después de la obra?

Isobel miró la hora.

–Mejor después, ¿o prefieres tomar algo rápido?

–Prefiero esperar y tomar una cena decente.

El metro volvía a estar tan atestado que no pudieron hablar de camino a Southwark. Y en la abarrotada cafetería del Globe tuvieron que sentarse los dos pegados.

Era una sensación extraña. Alex estaba acostumbrado a abrazar y besar a Isobel en la mejilla, pero aquello era distinto. Era consciente de la suavidad de su piel, de su exquisito olor a jazmín, vainilla y azahar y de la forma de su boca.

Y lo desconcertaba el repentino y fuerte deseo de besarla.

–¿Alex?

–Lo siento. Apenas te oigo con este ruido –sin poder resistirse, la agarró y la sentó en su regazo.

–¡Alex! –protestó ella, pero le rodeó el cuello con el brazo para no caerse.

–Es mejor si me hablas al oído –le dijo él, pegando la boca a su oreja–. Así no tendrás que gritar y a mí no me dolerá la espalda por inclinarme hacia ti.

Ella lo golpeó con su mano libre, y Alex pensó que tal vez no hubiera sido buena idea. El aliento de Isobel en su oreja le provocó una sensación tan peculiar como inquietante por la espalda.

–Lo siento... En parte –se disculpó él en tono jocoso, como siempre hacía. La sólida amistad que mantenía con Isobel permitía aquella clase de bromas–. Será mejor que busquemos nuestros asientos –propuso cuando ella se acabó el vino.

–Sí, vamos –se levantó de su regazo y Alex descubrió, asombrado, que echaba de menos su calor corporal.

La obra fue soberbia. Cuando Benedicto le dijo a Beatriz lo de «mi querida señora Desdén», Alex miró a Isobel y vio que ella también lo miraba. Le agarró la mano y lo complació enormemente que ella no la apartara. Cada vez que Beatriz y Benedicto coincidían en el escenario para librar sus ingeniosos duelos verbales, Alex se sorprendía pensando en él y en Isobel.

«Nada quiero en este mundo sino a vos. ¿No es cosa extraña?».

Su mano apretó involuntariamente la de Isobel. Era absurdo. Él no estaba enamorado de ella. Isobel era su amiga, nada más. No estaban saliendo juntos. Tenía que recobrar la compostura. Pero por más que lo intentaba no conseguía soltarle la mano.

Solo pudo hacerlo cuando acabó la obra, de modo que ambos pudieran aplaudir. Al salir del teatro la rodeó con el brazo para protegerla de la multitud.

En el restaurante estuvieron conversando hasta que les sirvieron la comida.

–La próxima vez tendremos que traer también a Saskia –dijo él–. Y a mi madre, si se siente capaz.

–¿Cómo está?

–Ya conoces a mi madre. Nunca admitirá que se siente mal –suspiró–. Pero el lupus... Estoy preocupado por ella.

Isobel le apretó la mano por encima de la mesa.

–Se pondrá bien, Alex. Saskia me lo ha contado todo. Aún no han encontrado una cura para el lupus, pero pueden mantener controlada la enfermedad con la medicación.

–Tardarán bastante en encontrar el tratamiento adecuado para ayudarla –dijo él con una mueca–. He leído mucho sobre el tema. Estaba en Turquía cuando Helen me llamó y fui inmediatamente a verla, pero no basta con un fin de semana de vez en cuando. Tengo que pasar más tiempo con mi familia o vivir cerca de ellos. No quiero decir que vaya a irme a vivir con mis padres, pero quiero cumplir con mi parte. No es justo que les deje todo el trabajo a las chicas. Soy el mayor y nuestros padres son mi responsabilidad.

Isobel arqueó una ceja.

–Creo que tus padres dirían que la responsabilidad es suya.

–Puede ser –frunció el ceño–. Mi madre se hace la dura, pero sé que odia mis largas ausencias y que se asusta cada vez que oye por televisión que se ha producido una revuelta cerca de donde yo estoy. No necesita ese estrés adicional.

–Alex, no es culpa tuya que tenga lupus.

–¿No? Tiene relación con el estrés.

–Apuesto a que casi todo ese estrés se lo provoca su trabajo. Saskia dice que se siente mucho mejor desde que se redujo la jornada laboral.

–Aun así, no le hace ningún bien preocuparse por mí.

–Entonces le gustará saber lo de tu nuevo trabajo.

–Todavía no he conseguido ese trabajo –le recordó él–. Y si deciden que mi perfil no garantiza fidelidad a la empresa...

Ella frunció el ceño.

–Alex, ¿de verdad tienes que casarte para darles una imagen más respetable? ¿No sería suficiente con estar comprometido?

Él lo pensó.

–Sí, seguramente bastaría con un compromiso.

***

Alex la necesitaba. Y ella quería ayudarlo. Pero sabía que era demasiado orgulloso para volver a pedírselo, de modo que solo podía hacer una cosa.

–Quiero ayudarte, Alex. Quiero que consigas ese trabajo y seas feliz –respiró hondo. Un compromiso no sería lo mismo que estar casados–. Podríamos comprometernos y romper el compromiso una vez que consigas el trabajo –volverían a ser lo que eran y ella no tendría que contarle la verdad sobre sus abortos.

–¿Te comprometerías conmigo?

–Hasta que consigas el trabajo, sí.

El alivio se reflejó en su rostro.

–Gracias, Bel. No sabes cuánto aprecio esto –le agarró la mano y se la llevó a la boca para besarle la palma–. Siempre estaré en deuda contigo.

–Para eso están los amigos –dijo ella con naturalidad, intentando reprimir el deseo que le había provocado su boca.

Alex levantó su copa.

–Por ti. Mi amuleto de la suerte.

–Ahora eres tú quien está vendiendo la piel del oso antes de cazarlo.

–Contigo a mi lado sería capaz de conquistar el mundo.

Parecía hablar tan en serio que Isobel intentó adoptar un tono jocoso.

–¿Como Alejandro Magno?

Él se rio.

–Tranquila, no te haré cambiar el nombre a Roxana. Aunque si quieres…

–¡No, gracias!

–Y es un compromiso de conveniencia.

–Exacto. Hasta que consigas el trabajo. Y seguro que lo conseguirás –también ella levantó su copa–. Por ti.

–Por nosotros –corrigió él–. Y por el trabajo en equipo.

–Por el trabajo en equipo –repitió ella.

Alex se pasó el fin de semana visitando a sus padre en los Cotswolds, y Isobel se sorprendió de lo mucho que lo echaba de menos y de lo vacía que se le antojaba su casa sin él.

«No te acostumbres», se advirtió a sí misma. Alex se marcharía cuando consiguiera el trabajo y decidiera dónde instalarse. Si optaba por volver a su piso, tal vez se quedara con ella hasta que lo dejaran libre los inquilinos, pero no por más tiempo. Y siendo su compromiso de conveniencia, no tenía sentido llevar un anillo ni esperar que durase mucho.

El domingo salió a dar un paseo por Hampstead Heath, y cuando volvió se llevó una sorpresa al encontrarse a Alex.

–Qué pronto has vuelto –le dijo, intentando adoptar un tono ligero.

Él emitió un murmullo, muy serio.

–¿Tu madre está bien?

–Sí.

–¿Entonces qué ocurre?

–Las cosas no han salido como estaba previsto.

–¿Qué quieres decir?

Él se pasó una mano por el pelo.

–Hoy he salido a comer con mis padres. Le estaba contando a mi madre lo del trabajo y que tú habías aceptado ser mi novia temporal. Pero ella no oyó la palabra «temporal» –suspiró–. Cree que vamos a casarnos en serio, Bel. Y su cara... Nunca la había visto tan feliz. Como si le hubieran quitado un enorme peso de encima. No tuve el coraje de explicárselo en mitad de la comida, con tanta gente escuchando. Pensaba esperar a que volviéramos a casa, pero cuando me bajé del coche mi padre me estrechó la mano y me dio una palmada en la espalda, diciéndome lo contento que estaba porque al fin hubiera decidido sentar la cabeza. Antes de darme cuenta, mi madre ya había ido a casa de tu madre.

Isobel parpadeó.

–¿Marcia le ha dicho a mi madre que estamos comprometidos?

–Y a Saskia. Y a Helen. Y a Polly. Y a la mitad del vecindario. No sé cómo he podido convencerla para que no lo publique en el periódico –parecía arrepentido. Lo siento mucho, Bel.

De pronto, se dio cuenta de que tenía un mensaje en el contestador, era de su madre.

–Bel, Marcia acaba de decírmelo. Es fantástico, pero ¿por qué no me lo dijiste tú misma, cariño? Llámame cuando vuelvas. Tu padre y yo queremos invitaros a cenar para celebrarlo. Te quiero.

Después fue el turno de la madre de Alex.

–Bel, estamos muy contentos por la noticia. Me habría gustado que Alex hubiera esperado a que tú volvieras de tu curso y que nos hubierais dado juntos la noticia, pero sé lo impaciente que es mi hijo. Nos veremos pronto, cariño. Y de verdad que estamos muy contentos. No podríamos tener una nuera mejor que tú.

Luego fue Saskia.

–¡Vas a ser mi hermana! Isobel Martin, ¿cómo has podido ocultarme a mí, precisamente a mí, algo así? Llámame en cuanto oigas esto. ¡Quiero detalles! –rio–. Enhorabuena, cariño. Es genial. La mejor noticia que recibo en todo el año.

Isobel se sentó y miró a Alex.

–Están encantados.

–Lo sé.

–¿Y de qué curso habla tu madre? ¿Por qué cree que estoy en un curso?

–Me preguntó por qué no estabas conmigo para dar la noticia y le dije lo primero que se me pasó por la cabeza. Sé que odias la mentira, pero ¿qué otra cosa podía hacer?

–Podrías haberles dicho la verdad.

–¿Cómo? –suspiró–. Llevo devanándome los sesos todo el día en busca de una solución. Podríamos guardar las apariencias un tiempo y luego decir que he hecho algo terrible, no sé, que me emborraché y te puse en ridículo o que me fui con otra mujer en una fiesta, y así tendrías una buena justificación para romper conmigo.

Ella negó con la cabeza.

–Es una pésima idea, Alex. Tus padres y los míos jamás te perdonarían si pensaran que me has tratado mal. No quiero mentir.

–Ya los has oído. Están encantados de que estemos juntos. Es como si les hubiera tocado la lotería. Si les cuento la verdad, se llevarán una terrible decepción. Pero el golpe sería mucho menos duro si les digo que lo nuestro no ha funcionado.

–¿Por culpa de una infidelidad? ¿Te parece que encajarían mejor algo así?

–Pues espero que tengas una idea mejor, porque a mí no se me ocurre nada.

Isobel se había quedado con la mente en blanco.

–A mí tampoco.

–Mi madre se sorprende de lo mucho que he tardado en ver lo que tenía ante mis narices, y se alegra de que por fin me haya dado cuenta –se pasó la mano por el pelo–. Cree que siempre he estado enamorado de ti en secreto.

–Qué tontería –Isobel se removió, incómoda–. Esto es de locos.

–Y todo por mi culpa. Lo siento, Bel. Tendré que llamar a todo el mundo para aclararlo. Lamento si te coloco en una situación embarazosa.

–Tranquilo, lo superaré –dijo ella animadamente.

–Mi madre se llevará un chasco enorme. Saskia me llamó cuando venía hacia aquí y me dijo que hacía meses que no veía tan contenta a mamá.

–Lo entiendo. Mis padres también querían que yo volviera a comprometerme después de lo de Gary. Creo que porque... –se mordió el labio–. Soy hija única y me tuvieron muy tarde. Mi madre se conserva muy bien a sus setenta y dos años, pero últimamente ha empezado a hablar de... –tragó saliva– de que se está haciendo vieja.

–Y ellos son tu única familia.

Alex tenía la habilidad para expresar lo que ella era incapaz de decir: que cuando sus padres murieran se quedaría completamente sola.

–Esta podría ser la solución ideal para ambos –añadió él.

–¿Cuál?

–Casarnos. Casarnos de verdad.

Isobel tardó unos segundos en reaccionar.

–Pero, Alex, has dicho que quieres formar una familia.

Él se encogió de hombros.

–Mi mujer sería mi familia.

–¿Entonces, no quieres tener hijos?

–Si tú los quieres, por mí estupendo. Y si no, también. Sin presiones de ningún tipo.

–Pero... –el miedo se apodero de ella–. No podemos hacer esto.

–Sí, sí que podemos –la tomó de la mano–. Piénsalo. Nuestros padres se llevan bien. A mí me gustan tus padres y a ti, los míos. Los dos tendremos unos suegros estupendos.

No como la madre de Gary, quien siempre la había tratado con un mal disimulado desdén por no aceptar que su nuera fuese la mujer más importante en la vida de su hijo. Con Marcia, en cambio, podía presumir de tener una relación sincera y afectuosa.

–Para nuestros padres será un alivio que los dos

sentemos la cabeza, y dejarán de darnos la lata –continuó Alex–. Y tenemos la base para que nuestro matrimonio funcione, ya que los dos nos gustamos.

–Gustarse no es suficiente –protestó ella.

–Sí que lo es. Es mejor que el amor, Bel. Es una empatía honesta y permanente que no cambiará. Nos embarcaremos en esta relación sabiendo exactamente lo que hacemos, sin hacernos falsas ilusiones. Con los ojos bien abiertos.

–Pero...

Él soltó un suspiro.

–Bel, si te preocupa lo que creo que te preocupa, solo hay un modo de demostrártelo –inclinó la cabeza y la besó.

Fue un beso ligero y exquisitamente dulce que le inspiró a Isobel una maravillosa sensación de seguridad. Él le sujetó la cara con delicadeza y movió suavemente los labios, pero entonces fue como si hubiera prendido una llama entre ellos. Sus lenguas se entrelazaron en un baile frenético e Isobel le agarró fuerte del pelo. Nunca había deseado a nadie de aquella manera. Con aquella intensidad tan aterradora.

Alex interrumpió brevemente el beso.

–No pienses. Limítate a sentir –volvió a besarla y, mientras a Isobel le daba vueltas la cabeza, la levantó en brazos y la llevó al dormitorio, donde la dejó a los pies de la cama.

Era la primera vez que Alex entraba en su cuarto, pues siempre dormía en el sofá cuando se quedaba en su apartamento.

–Es precioso. Y me alegra que tengas una cama de matrimonio –sonrió–, especialmente con todos estos cojines.

–Me gusta leer en la cama –se defendió ella–. Y es más cómodo si hay muchos cojines.

–Se pueden hacer otras cosas con los cojines...

Ella se puso colorada y él se rio y volvió a besarla, antes de encender la lámpara de la mesilla y correr las cortinas.

–Esta luz es demasiado fuerte –observó con el ceño fruncido.

–Ya te he dicho que leo en la cama.

–Me gustaría algo más tenue. Espera aquí. Y no te pongas a pensar de nuevo.

Salió de la habitación y regresó al cabo de unos minutos con la vela que Isobel tenía en la repisa de la chimenea. La colocó en la mesilla y la encendió a la vez que apagaba la lámpara.

–Mucho mejor –dijo. Se sentó en la cama y dio unas palmaditas en el colchón–. Ven aquí.

–Alex... –¿cómo podía decirle que tenía miedo de decepcionarlo? No podía competir con las mujeres de largas piernas con las que salía.

Él la agarró de la mano y tiró de ella para sentársela en su regazo.

–Todo va a salir bien, Bel. No sientas vergüenza conmigo. Ya te he visto desnuda.

–¿Cuándo? –le preguntó ella, sorprendida.

–Cuando tenías dos años. Era una calurosa tarde de verano y tú y Saskia estabais chapoteando en la piscina hinchable. Mi madre debe de tener alguna foto.

–Eso no cuenta –dijo más relajada.

–Eso es, deja de preocuparte. Todo va a ser maravilloso.

Isobel se había pasado años albergando aquella atracción secreta, convencida de que Alex solo la veía como una amiga. Pero algo había cambiado en él. Tal vez, solo tal vez, era lo que ambos necesitaban. Solo que había un problema...

–Hace mucho que no lo hago, Alex.

Él sonrió y le acarició el labio con el pulgar.

–Mejor, así me toca a mí recordarte lo que es el placer.

Ella abrió los labios y él aprovechó para besarla hasta dejarla sin aliento. Al retirarse deslizó las manos bajo su camiseta y le acarició el vientre con la punta de los dedos.

–Tienes una piel muy suave –la besó en el cuello–. Y hueles a azahar. Quiero empaparme los sentidos contigo, Bel –tiró hacia arriba de la camiseta y ella dejó que se la quitara–. Eres preciosa. ¿Cómo es posible que nunca me haya fijado?

–¿Quizá porque siempre estabas saliendo con mujeres esculturales y despampanantes? –sugirió ella.

–¿Me estás llamando superficial?

–Sí.

Él sonrió y pasó un dedo por el borde del sujetador. El roce la hizo estremecerse y los pezones se le pusieron duros de nuevo. Alex no hizo ningún comentario, pero debió de darse cuenta, porque frotó ligeramente la yema del pulgar contra ellos.

–Tú sigues vestido –dijo ella.

–Pues haz algo.

Isobel le desabrochó la camisa y pasó las manos por su perfecta musculatura, ligeramente recubierta de vello negro. Lo miró a los ojos y vio que se le habían dilatado las pupilas. Estaba tan excitado como ella por explorarse mutuamente.

Él le bajó los tirantes del sujetador y le besó los hombros desnudos. Isobel sintió una punzada de excitación en el estómago mientras la boca de Alex le recorría la curva del cuello. Cerró los ojos y echó la cabeza hacia un lado, y él empezó a prodigarle un reguero de besos y mordisquitos por unas zonas insospechadamente erógenas. Un estremecimiento la sacudió cuando se detuvo en un punto especialmente sensible detrás de la oreja.

Entonces sintió el aire en los pezones y se dio cuenta de que Alex le había quitado el sujetador con una sola mano y una habilidad imperceptible. Se llenó las manos con sus pechos y le pellizcó los pezones.

–Me encanta tenerte en mi regazo, pero necesito mucho más...

También ella lo necesitaba.

–Sí.

La levantó con cuidado y la tumbó de espaldas contra los cojines. Se arrodilló entre sus muslos separados y agachó la cabeza para atraparle un pezón con la boca.

Un estallido de sensaciones se le propagó por el cuerpo. La suavidad de sus cabellos contra la piel, que contrastaba con la aspereza de su barba incipiente. El movimiento de su lengua y sus labios. El calor de su boca. La presión al succionar. El hormigueo que le nacía en los pezones y le fluía por todo el cuerpo…

–Sí –susurró, arqueando la espalda.

Él levantó la cabeza y la miró con un brillo en los ojos.

–¿Te gusta?

–Sí –la excitación apenas le permitía hablar.

–A mí también –pasó al otro pezón y lo acarició con los dientes y la lengua hasta que Isobel se retorció de placer. Entonces empezó a besarla por el vientre–. Ojalá llevaras una falda.

–¿Por qué?

–Porque con una falda podría hacer esto… –le deslizó una mano entre los muslos y le agarró el sexo por encima de los vaqueros.

Isobel necesitaba sentirlo desesperadamente.

–Alex, me estás haciendo enloquecer.

–De eso se trata –se echó hacia atrás y, sin dejar de mirarla, le desabrochó los vaqueros.

Se estaban acercando al punto sin retorno.

Muy despacio, le bajó la cremallera. El aire la hizo estremecerse al enfriarla la piel ardiente.

–¿Tienes frío?

–Y calor.

–Bien –se inclinó hacia delante y le besó la piel que acababa de desnudar–. Cuando haya acabado contigo, te estarás muriendo de calor.

No solo estaba acalorada, sino también increíblemente empapada. Alex le quitó los vaqueros y los calcetines a la vez, dejándola tan solo con unas minúsculas braguitas.

–Cielos –murmuró, contemplándola–. Eres una venus en miniatura. Qué curvas.

Curvas. Isobel se ruborizó y se cubrió con los brazos.

–No he dicho que estés gorda –aclaró él.

–Lo estoy si se me compara con esas modelos raquíticas con las que sales.

–Que salga con ellas no significa que me acueste con ellas. Y para que lo sepas, me gustan las mujeres con curvas. Curvas como las tuyas –deslizó las puntas de los dedos bajo los suyos–. Quiero verte, Isobel. No tienes nada de qué avergonzarte –le separó las manos del cuerpo–. Eres preciosa.

–No es justo. Tú todavía llevas los pantalones puestos.

–Soy todo tuyo, cariño. Haz conmigo lo que quieras.

Hacía mucho tiempo que Isobel no compartía aquellos juegos con nadie. Al final de su relación con Gary, el sexo había sido únicamente el medio para concebir un hijo, no una expresión de amor. Y cuando todo se torció…

–Tócame, Bel –la invitó él.

Isobel alargó las manos y le desabotonó los vaqueros. Sentía la erección de Alex bajo sus dedos mientras descendía por la bragueta.

Fue el turno de Alex para estremecerse.

–Cuidado con lo que haces…

–¿Es una amenaza?

–Todo lo contrario. Puedes tocarme cuanto quieras, pero después de que yo te haya tocado a ti –le agarró la mano y se la besó, succionándole los dedos uno a uno.

A Isobel se le desbocó el corazón y le palpitó la entrepierna. Si Alex le provocaba aquella reacción únicamente jugando con los dedos, ¿cómo sería cuando la tocara de verdad?

Se incorporó para quitarle los vaqueros y no pudo refrenar el impulso de besarlo en el musculoso abdomen.

Él gimió y terminó de quitarse los vaqueros y los calcetines.

–No esperaba que llevases ropa interior –dijo ella.

–¿Cómo que no? –se rio y enseguida se puso serio–. Bel, yo no me acuesto con cualquiera. Es verdad que salgo con muchas mujeres, pero soy muy selectivo con mis amantes. Y siempre he usado protección.

Ella asintió, agradecida por su honestidad.

–Yo no... –respiró hondo–. No me he acostado con nadie desde que rompí con Gary –de eso hacía dos años. O más, si contaba los últimos y espantosos meses de su matrimonio. Había salido un par de veces, pero no había ido más allá de un beso de buenas noches en la mejilla.

Él le acarició la cara.

–Entonces, nos lo tomaremos con calma –¿pensaba detenerse? ¿Justo en aquel momento? Debió de negarse en voz alta sin darse cuenta, porque la expresión de Alex se oscureció–. No voy a detenerme, Bel. Pero aunque esté a punto de explotar de deseo, quiero que sea especial para ti.

¿Tanto la deseaba?

–Yo también te deseo –susurró.

Alex le quitó las braguitas y le metió una mano entre los muslos para tocarle el sexo con un dedo.

–¿Esto te parece que es tomárselo con calma? –preguntó ella con dificultad.

–Sí…

–Me estás volviendo loca. Por favor, Alex, quiero…

–¿Esto? –le metió un dedo y ella ahogó un gemido.

–Sí…

Él siguió tocándole el clítoris con el pulgar y ella se retorció contra su mano, ávida por tenerlo dentro.

–Estás mojada para mí. Como yo quiero.

–Alex, por favor –era incapaz de articular una frase completa.

Él sonrió, se quitó los calzoncillos y sacó un preservativo de los vaqueros. Se lo colocó rápidamente y se arrodilló entre los muslos de Isobel. Ella sintió la punta del pene en la entrada de su sexo, y un segundo después lo tenía en su interior.

Se estremeció con tanta fuerza que él se detuvo.

–¿Estás bien, Bel?

–Sí. No me esperaba esto. Ohh –gimió cuando él comenzó a moverse de nuevo.

Las llamas se le propagaron por todo el cuerpo. Estaba alucinada. Alex era bueno en todo lo que hacía, pero no se había esperado que fuera tan bueno en la cama ni que la llevara a una dimensión desconocida.

–Bel, mírame –le ordenó.

Ella abrió los ojos y vio el mismo éxtasis en él.

Pasó un largo rato hasta que pudo volver a pensar y hablar. Estaba acurrucada en brazos de Alex, con la cabeza apoyada en su hombro.

–Creo que hemos demostrado que somos muy compatibles… –dijo él.

–Sí –mucho más de lo que podría haber imaginado.

–Nos gustamos, tenemos mucho en común y nos entendemos muy bien en la cama –Isobel sospechó adónde quería llegar–. Si nos casáramos, todos nuestros problemas se solucionarían de golpe.

No, nada de eso. Porque tendría que confesarle lo de sus abortos.

–Alex, sobre lo de tener hijos…

–Tranquila –le puso un dedo en los labios–. Deja de preocuparte. Sé lo importante que es para ti tu trabajo, y no pretendo que lo dejes. Si tenemos hijos, ya encontraremos una solución. Si no, seguiremos exactamente igual que ahora.

Eso lo decía en aquel momento, pero ¿qué pasaría más adelante?

–Todos salimos ganando –continuó él.

Pero no era cierto. Porque Alex no la amaba, y si supiera que ella estaba enamorada de él pondría pies en polvorosa. Nunca había ocultado que era alérgico al amor.

–Deja de pensar tanto, Bel –le robó un beso–. Todo va a salir bien.

–¿De verdad?

Él sonrió.

–Creo que voy a disfrutar mucho demostrándotelo.

Capítulo Cuatro

La alarma la despertó con su estridente pitido. Isobel se giró de costado para apagarla y chocó con un cuerpo.

Un cuerpo cálido, duro y muy masculino.

–Buenos días, Bel.

Se habían pasado casi toda la noche haciendo el amor, habían explorado tan exhaustivamente sus cuerpos que no quedaba nada por descubrir.

Lo que más deseaba en esos momentos era acurrucarse bajo la manta, envolverse con los brazos de Alex y seguir durmiendo.

–¿Hola? Llamando a Isobel. ¿Hay alguien en casa? –debió de apagar él la alarma, porque esta había dejado de sonar. Se giró hacia ella y la abrazó–. Buenos días, dormilona –la besó detrás de la oreja–. Siempre te había tomado por una persona madrugadora.

–Lo soy –murmuró ella–. Si duermo lo suficiente.

–Ah, sí, la verdad es que ha sido una noche un poco movida –la acarició alrededor del ombligo–. ¿Algún remordimiento?

–No.

–Bien. Entonces vas a casarte conmigo.

No era una pregunta. Ni siquiera se lo había pedido la noche anterior. No había sido la típica declaración de amor, de rodillas, con anillo.

Sofocó una punzada de dolor. Sí que se lo había pedido, días antes, y ella lo había rechazado. Por ello no debía extrañarle que no se lo pidiera de nuevo.

–¿Bel?

–Depende –respondió con el tono más despreocupado que pudo.

–¿De qué?

–Necesito un café.

–Capto la indirecta –rio–. Ve a ducharte mientras yo preparo el desayuno –le acarició el pelo–. Me gustaría ducharme contigo, pero entonces llegarías tarde al trabajo y no quiero crearte problemas.

–¿Problemas?

–Por pasar la mañana en la ducha conmigo en vez de hacer lo que tengas que hacer.

Después de ducharse y vestirse se encontró con el café recién hecho y las tostadas untadas de mantequilla.

–El desayuno –le ofreció Alex con una sonrisa. Llevaba únicamente los calzoncillos y su aspecto era irresistible.

Se sentó y trató de controlar sus deseos. No podía enamorarse de Alex.

–¿Qué vas a hacer hoy? –le preguntó tras tomar un sorbo de café. Estaba justo como le gustaba: hirviendo, cargado y con leche.

–Un poco de investigación. ¿Y tú?

–Unos folletos para una exposición.

–¿Quieres que comamos juntos?

–Lo siento, no puedo. Tengo que asistir a varias reuniones que se alargarán bastante.

–Trabajo administrativo, ¡puaj! –exclamó con una mueca de desagrado–. Lo que menos me gusta de cualquier empleo.

–Y eso lo dice el que está pensando en aceptar un trabajo de oficina.

–Ayudante de administración –protestó él.

–Claro, claro –dijo ella, riendo.

–No quiero dedicarme al papeleo cuando podría estar haciendo algo más interesante –le sonrió–. Te veré esta noche. Puede que te haga la cena y todo.

–¿La cena? –se mofó ella–. Siempre que vas a los archivos te tienen que echar a patadas a la hora de cerrar.

–Igual que a ti.

–Me encanta mi trabajo.

–Lo sé. Y por eso me entiendes tan bien.

Isobel acabó su tostada.

–Será mejor que me vaya. Te veo después.

–¿Tengo que ser yo quien lave los platos? ¡No es justo! Yo he preparado el desayuno.

–Te lo recompensaré esta noche.

Él arqueó una ceja.

–Te tomo la palabra.

Durante los próximos días todo fue cada vez mejor. Alex tenía razón al afirmar que una aventura no afectaría su amistad. Seguían hablando, discutiendo y bromeando como siempre habían hecho, pero al mismo tiempo el sexo añadía una nueva faceta a la relación.

Isobel no recordaba haberse sentido nunca tan feliz, ni siquiera en los primeros días con Gary, antes de que empezaran a buscar un hijo y él la acusara de anteponer su trabajo a la familia. Isobel deseaba un hijo tanto como él. Y si hubiera tenido que guardar cama durante todo su embarazo por el bien de su hijo, lo habría hecho sin dudarlo.

Alex había dejado el tema de los hijos en el aire. Pero ¿qué pasaría cuando descubriera sus dificultades para concebir? Y luego estaba su nuevo trabajo. Tendría su base en Inglaterra, pero se vería obligado a viajar con frecuencia y su estilo de vida no encajaría mucho con el de un padre.

Tenía que hablar seriamente con él. Antes de que el compromiso y los planes de boda fueran demasiado lejos. Solo tenía que encontrar el momento adecuado.

El jueves por la mañana Alex se levantó al amanecer y se puso un traje.

–Vas a causar sensación en la entrevista –le dijo Isobel.

–Quiero dar la imagen de un asesor, de alguien que pueda hablar con la gente importante. Ya saben que puedo hacer perfectamente la otra parte del trabajo.

–La última vez que te vi con un traje fue en el bautizo de Flora.

–Es el mismo traje –dijo él con una sonrisa–. Solo tengo este. Y lo uso para bodas y bautizos.

–Pues te queda muy bien, pero mira en los bolsillos por si llevas confeti.

–Tienes razón –se comprobó los bolsillos–. No, no hay nada.

–Bien –le dio un ligero beso en los labios–. Esta noche te invitaré a cenar para celebrarlo.

–¿De verdad crees que van a darme el trabajo?

–Claro que sí. Eres el candidato ideal.

–No conoces a los otros candidatos –observó él.

–Ni falta que me hace.

–Gracias por tu voto de confianza –le sonrió–. ¿Qué vas a hacer hoy?

–Hacer de Flavia.

Él se rio.

–Te encanta disfrazarte, ¿verdad? Como cuando tú y Saskia erais pequeñas y jugabais a ser novias o princesas.

–Es muy divertido –admitió ella con una sonrisa–. Ya sé que a vosotros los arqueólogos no os gusta la historia viva, pero a los niños les encanta.

–La historia viva está muy bien siempre y cuando no se te suba a la cabeza, y sabes muy bien a lo que me refiero. ¿De qué se trata hoy? ¿La comida romana?

–La belleza y la higiene corporal.

–Entiendo. Pues si necesitas a alguien que te unte de aceite y te rasque con el estrígil.

–Ni se te ocurra –dijo ella, riendo–. Echarías a perder tu traje. ¿Te darán hoy la respuesta?

–Sí, en cuanto hayan acabado las entrevistas.

–¿Me enviarás una mensaje cuando lo sepas?

–Por supuesto –miró el reloj–. Tengo que irme. Te veo esta noche.

–No voy a desearte buena suerte. Sé tú mismo y conseguirás ese trabajo.

–Sobre todo siendo un hombre encantador y a punto de contraer matrimonio –le dio un beso–. Gracias, Bel. Te debo una.

Ella le dio una palmada en el hombro.

–Ve y demuéstrales de lo que estás hecho.

Alex se marchó e Isobel recogió la cocina antes de irse a trabajar.

Estaba explicándoles a los niños la función de los objetos de manicura que llevaba en el cinto cuando vio a alguien entrar en la galería, ataviado con una toga con una franja morada. Qué extraño. No sabía que alguien fuera a representar el papel de un senador aquel día. Tal vez hubieran cambiado el programa sin decírselo y estaban interpretando una escena política en la galería contigua.

Entonces el hombre de la toga se acercó e Isobel vio quién era. Se había peinado el pelo hacia atrás con aceite para aparentar que lo llevaba muy corto, como un romano. Estaba guapísimo, pero ¿qué demonios hacía Alex allí de aquella guisa?

–Siento llegar tarde. Había reunión en el foro –dijo con una sonrisa.

No tuvo tiempo de preguntar nada, porque él se detuvo junto a ella, la tomó de la mano y se giró hacia el público infantil.

–Soy Marcus, el senador a cargo del ocio y los espectáculos. Busco a los elefantes y a los gladiadores, por lo que siempre estoy muy ocupado y necesito desesperadamente que alguien se ocupe de mi casa y mis criados. Una de las costumbres más importantes de la época romana era el compromiso. Si un hombre quería casarse, tenía que negociar con la familia de la novia. Y si la familia lo aceptaba, se celebraba una ceremonia de compromiso –se sacó algo de la toga, pequeño y brillante–. El anillo de boda romano era de hierro, pero los anillos de compromiso como este eran más opulentos –hizo pasar el anillo entre todos los presentes–. A ver, ¿qué cosas os llaman la atención?

–Es dorado y brillante –respondió una niña.

–Exacto. Es nuevo, así que los padres de mi novia sabrán que soy lo bastante rico como para comprarle joyas. ¿Qué más?

–Tiene un dibujo grabado –dijo otra niña.

–Muy bien –le sonrió a Isobel–. ¿Qué clase de dibujo?

–Dos manos –dijo un niño.

–Es un anillo de Claddagh –añadió una madre.

–No exactamente, ya que en el anillo de Claddagh las dos manos sostienen un corazón bajo una corona o flor de lis –explicó Alex–. Según la leyenda, hace trescientos años un pescador de Claddagh, en Irlanda, fue capturado por piratas españoles y vendido como esclavo. Su amo le enseñó el oficio de orfebre, y cada día robaba una pizca de oro del suelo hasta que al cabo de muchos años reunió la cantidad suficiente para forjar un anillo que le recordara a su amada, en Claddagh. Al final consiguió escapar y regresó a casa, donde su novia seguía esperándolo. Él le entregó el anillo como muestra de amor y lealtad.

Definitivamente se había ganado a la audiencia. Isobel vio los rostros de las mujeres y supo que la mitad de ellas se estaba imaginando a Alex como el pescador irlandés.

–Este anillo es una réplica de un anillo romano de compromiso, y la mano aferrada a la muñeca representa a Concordia, la diosa del acuerdo. Pero, al igual que el anillo de Claddagh, también simboliza el amor y la fidelidad. ¿Sabe alguien por qué el anillo de compromiso se pone en el dedo anular?

Hubo un no colectivo. Todas las mujeres del grupo se comían ya con los ojos a Alex. Y no era para menos; estaba irresistible con toga y sandalias.

Alex levantó la mano izquierda de Isobel y le acarició el dedo anular.

–Los romanos siguieron la creencia egipcia de que en este dedo hay una vena que conduce directamente al corazón, por lo que es esencial capturarla con un anillo, el símbolo de la eternidad invulnerable –deslizó el anillo en el dedo de Isobel–. Así.

Isobel sintió un escalofrío en la columna. Alex estaba actuando, tenía que estar actuando.

–¿No eres el tipo de la tele? –preguntó una mujer–. Saliste en un programa sobre Egipto el año pasado…

–Así es –respondió Alex.

–¿Ahora trabajas aquí?

–No, pero mi novia sí –le pasó un brazo por los hombros–. Acabo de robarle su presentación, pero así es como se comprometían las parejas en tiempos de los romanos, exactamente como acabamos de comprometernos ahora –se llevó la mano izquierda de Isobel a los labios–. Lo siento, Bel, quiero decir, Flavia.

–Es... somos... –balbució ella–. Discúlpenme, por favor.

–Tranquilos, no le pasará nada –le reveló Alex al público–. He hablado antes con su jefe.

Isobel no salía de su asombro.

–Qué romántico –exclamó una mujer con un suspiro–. Darte una sorpresa en el trabajo...

–No podía hacer otra cosa, dado que así es como se gana la vida –dijo Alex–. Y ahora, si nos disculpan, Flavia ha terminado el trabajo por hoy.

–Pero, Alex... –empezó ella.

–Calla –le puso un dedo en los labios–. Ya está todo hablado con tu jefa. Gracias a todos por ser nuestros testigos en una auténtica ceremonia romana de compromiso.

Todos aplaudieron y los felicitaron. Alex recogió las cosas de Isobel, la agarró de la mano y la sacó de la galería.

–¿Cómo has podido hacer algo así, Alex? –le preguntó ella en voz baja.

–Deja de preocuparte. De verdad que lo he aclarado con tu jefa. Rita incluso me ha prestado el traje de senador.

–Creía que tenías la entrevista esta tarde.

–Y así ha sido.

–Y que ibas a enviarme un mensaje para contármelo.

–Bueno, decidí venir a contártelo en persona.

–¿Te han dado el trabajo?

–Esta mañana estabas muy segura de mis posibilidades –chasqueó con la lengua–. Voy a tener que llevarte a casa y recordarte de lo que soy capaz.

–Como no me lo cuentes ahora mismo te...

–Sí, me han dado el trabajo. Y voy a llevarte a cenar para celebrarlo. Eso, y nuestro compromiso.

–¿Nuestro compromiso? –se miró el anillo–. Creía que estabas sobreactuando.

–De eso nada. Acabas de comprometerte conmigo, Bel. Y además en público, para que no te puedas echar atrás.

Al entrar en la oficina Isobel encontró un hermoso ramo de flores en su mesa y una tarjeta que la hizo llorar de emoción. Era del departamento, felicitándolos a ella y a Alex por su compromiso. Se habían enterado de la noticia apenas unos minutos antes. Alguien debía de haber organizado una colecta a toda prisa para comprar las flores mientras Alex iba a su encuentro en toga.

Después de recibir las felicitaciones y los abrazos de su jefa y la secretaria, se cambiaron de ropa y se subieron al taxi que Alex había pedido.

–Ha sido de lo más extravagante –dijo Isobel.

–Y también mucho más sencillo que llevar un

ramo de flores en el metro en hora punta –replicó Alex.

Isobel abrió la tarjeta que acompañaba al ramo. Estaba firmada por todo el departamento, y de nuevo se le llenaron los ojos de lágrimas.

–Me siento una farsante, Alex.

–De eso nada. Todo va a salir bien, Bel. Nos apoyamos en una sólida amistad y en la cama funcionamos a las mil maravillas –le susurró en voz baja para que el taxista no lo oyera–. En mi opinión, es infinitamente mejor que enamorarse y acabar sufriendo.

Isobel frunció el ceño.

–¿Qué ocurrió, Alex? ¿Quién era ella?

–¿Quién?

–La mujer que te volvió tan reacio al amor.

–Fue hace mucho tiempo –repuso él.

–Debió de hacerte mucho daño para que hayas evitado comprometerte desde entonces –le tomó la mano.

–Como ya he dicho, fue hace mucho tiempo.

–Y sin embargo, sigues dolido.

–Nada de eso. Ya lo he superado –suspiró–. Está bien. Si quieres saber los detalles escabrosos, te diré que estaba haciendo mi tesis doctoral en una excavación en la costa sur. Dorinda vivía en un pueblo cercano y se había acercado a echar un vistazo. Era la mujer más hermosa que había visto en mi vida, llena de glamour y sensualidad, con su exuberante melena negra y sus larguísimas piernas.

Por eso prefería a las mujeres altas, morenas y delgadas. Estaba buscando a otra Dorinda.

–Yo era un empollón con la cara llena de granos y creía que una mujer así estaba fuera de mi alcance. Pero entonces descubrí que yo también le gustaba.

Isobel no podía imaginarse a Alex como un empollón con granos.

–Nos tomamos una copa juntos y empezamos una tórrida aventura de verano. Me contó que estaba divorciada. De lo contrario, jamás se me habría ocurrido tener nada con ella.

Isobel lo creyó. Alex se regía por un fuerte sentido del honor.

–Empecé a considerar la idea de pedirle que se casara conmigo. No llegué tan lejos como para comprarle un anillo y hacerle una declaración en toda regla, pero me faltó muy poco. Por desgracia, su marido apareció de repente y me di cuenta de que solo había sido una diversión para ella –esbozó una amarga sonrisa–. Yo solo tenía veintidós años y aún no sabía cómo funcionaba el mundo. Cometí la estupidez de decirle que había creído que ella me amaba. Ella se rio en mi cara y me preguntó por qué iba a querer largarse con un estudiante sin blanca y sin futuro cuando su marido era millonario.

–Pues parece que tuviste suerte de librarte a tiempo –le dijo ella, apretándole la mano–. Esa mujer no merecía la pena, Alex. Y si te has pasado todos estos años lamentando su pérdida...

–No es que haya estado lamentándome, pero me dejó un amargo sabor de boca –hizo una mueca–. Nos había engañado a su marido y a mí, y me sentó muy mal que me hubiera usado para hacerle daño a otra persona.

–No todo el mundo es igual.

–Lo sé, pero su marido se ausentaba durante largas temporadas, igual que hacía yo. Eso me hizo pensar. Si me casaba y dejaba a mi esposa sola en casa...

–No tendría por qué engañarte.

–Puede que no lo hiciera intencionadamente, Bel –corrigió Bel–. Pero esas cosas ocurren. Se sentiría sola y necesitada, sería un blanco muy fácil para cualquiera que le brindase el afecto que no recibiera de mí. Por eso nunca he querido correr ese riesgo y he optado por seguir soltero, tener relaciones breves y concentrarme en mi trabajo.

–Con tu nuevo empleo seguirás pasando mucho tiempo fuera de casa. ¿Crees que te seré infiel?

–Claro que no –respondió él con un brillo en los ojos–. Aparte de que tú no eres una embustera, no vamos a dejar que las hormonas ni las fantasías románticas nos nublen el entendimiento. Y espero que sepas que tampoco yo te seré infiel.

–Esto parece más un acuerdo comercial que un matrimonio.

–No es un acuerdo comercial, pero sí que es un acuerdo sensato –repuso Alex mientras el taxi se detenía frente al piso de Isobel–. Y como tú y yo jamás nos mentiremos todo saldrá estupendamente.

La culpa invadió a Isobel. Ocultar la verdad también era una forma de mentir. Y ella le estaba ocultando algo muy importante.

Tenía que decírselo. Y pronto.

–Tengo que cambiarme –dijo él al entrar en casa.

–Te queda muy bien el traje.

–Pero no lo aguanto. Me hace sentir... –apretó los puños y se puso a caminar por la habitación– encadenado, atrapado, confinado.

–¿Macbeth? Puestos a interpretar a un rey, se te daría mejor Marco Antonio –bromeó ella.

–¿Un viejo verde que piensa con la entrepierna?

–¡Me encanta esa obra! –protestó ella.

–La próxima vez que la representen en el Globe iremos a verla –le prometió él con una sonrisa–. Pero antes tengo que lavarme el pelo.

–¿Ahora que eres asesor te estás volviendo un remilgado con tu pelo? No me digas que estás pensando en cortártelo.

–Mi pelo está perfectamente –replicó él–. Al menos cuando no lo llevo untado de aceite para simular un corte romano –arqueó una ceja–. No habrás traído el estrígil, ¿verdad?

–No, y no creo que te gustasen los métodos romanos de higiene.

–No, pero sí la idea de ir a un caldarium contigo y que me raspes la piel con el estrígil.

–Eres imposible –dijo ella, riendo.

–¿Quién, yo? No quiero manchar de aceite el traje. ¿Te importaría echarme una mano para quitármelo?

–Es la excusa más pobre que he oído jamás.

–Pues a mí me parece bastante buena –dijo él con una pícara sonrisa–. Ven a ducharte conmigo.

–Pasamos de las excusas a las proposiciones directas –murmuró ella con una mueca, pero le quitó la chaqueta y la dejó sobre el respaldo de una silla. Alex no se había puesto la corbata al quitarse la túnica y estaba increíblemente sexi con sus pantalones oscuros y su camisa blanca con el cuello desabotonado.

Ella se la desabrochó y pasó las manos por su pecho.

–De senador romano a bárbaro… Me gusta.

–¿Ah, sí? –en pocos segundos los había desnudado a ambos y la llevaba en brazos al cuarto de baño.

–Verdaderamente eres un bárbaro, Alex –dijo ella sin dejar de reír.

–Solo intento hacer honor a la imagen que tienes de mí –la dejó en la bañera, se colocó junto a ella y abrió el grifo del agua.

–¡Está helada!

–No seas tan quejica –agarró el bote de gel–. Muy bien. Tú eres la patricia Flavia y yo soy tu esclavo bárbaro.

Le hizo un guiño y se echó gel en las manos para aplicárselo en la piel.

–Mmm… Tienes la piel muy suave, Bel. Date la vuelta –ella obedeció y él le enjabonó los hombros y la espalda, antes de apretarla contra su cuerpo y hacerle sentir su erección mientras deslizaba los dedos por su vientre y los pechos–. No te muevas –le besó la curva del cuello mientras jugueteaba con sus pezones.

–Bárbaro.

–A tus órdenes, mi señora.

Isobel se dio la vuelta para encararlo.

–No creo que sigas las órdenes de nadie salvo las tuyas, Alex.

–Si me ordenas que te haga el amor, te obedeceré sin dudarlo.

Ella le tocó la erección.

–Solo porque es lo que quieres hacer.

–Los dos salimos ganando, Bel. Pero al darte la vuelta se cambian los roles, y ahora tendrás que obedecerme porque yo soy el patricio –añadió con una sonrisa.

–Sigues pareciendo un bárbaro –observó ella, sonriendo también–. Tendré que ir a por las pinzas para depilarte, mi señor.

–Ni se te ocurra –la levantó y la sujetó contra los azulejos.

–¡Alex! –gritó ella–. ¡La pared está helada!

–Entonces tendré que calentarte –la besó con pasión y le metió una mano entre los muslos para frotarla hasta hacerla temblar–. ¿Mejor?

–Sí-sí –apenas podía hablar por la excitación.

Él la levantó lo justo para colocarla sobre el extremo de su erección y se introdujo lentamente en ella.

–Alex... –el agua caía sobre ellos e Isobel sentía los movimientos de Alex, el acoplamiento de sus cuerpos, sus lentas y profundas embestidas que la llevaban al orgasmo. Supo en qué momento exacto perdió Alex el control y se derramó en su interior en una explosión.

Finalmente, Alex se retiró y la dejó en el suelo de la bañera.

–Lo siento –parecía realmente arrepentido.

–Yo no –Isobel le sonrió–. ¿Vas a ponerte otra vez el traje?

–No, ni traje ni corbata –la besó–. Están sobrevalorados.

Pero cuando se vistió con unos pantalones negros y una camisa turquesa seguía teniendo un aspecto arrebatadoramente varonil.

–Sabes cuidar tu aspecto… para ser un bárbaro.

–Cuidado con lo que dices o me pongo el sombrero –bromeó él–. Vamos, preciosa. Tenemos que celebrar mi nuevo trabajo, y nuestro compromiso.

¿Alex pensaba que era preciosa? Seguramente solo fuera una forma de hablar, pero a Isobel le gustó el detalle. Empezaba a creer que Alex tenía razón: todo iba a salir bien.

Capítulo Cinco

El domingo Alex llevó a Isobel al pueblo de los Cotswolds, donde habían crecido. Habían quedado con los padres de ambos y la hermana de Alex, su marido y su hija. Helen y Polly, sus hermanas gemelas, se habían ido a pasar fuera el fin de semana.

Nada más entrar en el restaurante, sus respectivas madres los vieron y empezaron a agitar los brazos. Pasaron diez minutos hasta que se acabaron los abrazos, las felicitaciones y el examen oficial del anillo.

–Vaya bienvenida –comentó Isobel al sentarse.

–No todos los días se compromete mi hija –dijo Stuart mientras le hacía un gesto al camarero para que sirviera el champán.

–Con el chico de la puerta de al lado después de tantos años... Qué romántico –añadió Marcia con un suspiro.

Saskia puso los ojos en blanco.

–Estamos hablando de Alex, mamá. Tu hijo no es nada romántico.

–Claro que sí –protestó Alex.

No, no lo era, pensó Isobel. Pero tenían que guardar las apariencias ante sus padres.

–Bel, cuéntales cómo nos prometimos –le pidió él, abrazándola.

–Se presentó en mi charla sobre el maquillaje romano ataviado con una toga, les habló a todos acerca de los compromisos y me puso el anillo en el dedo.

–¿Os comprometisteis en el museo? –preguntó Anna con incredulidad.

–¿No te parece poco romántico? –dijo Alex.

–Muy propio de ti, Alex –observó Marcia.

–Y de ti también, Isobel –añadió Anna, riendo–. El trabajo de mi hija será un serio rival para ti, Alex.

–Lo mismo se podría decir del mío –afirmó él–. Pero siempre nos pondremos en primer lugar, ¿verdad, Bel?

–Por supuesto.

–Entonces le compraste un anillo romano y os comprometisteis siguiendo la tradición romana –dijo Saskia, arqueando una ceja–. ¿Vais a tener una boda romana, también?

–No le des ideas, Saskia –le advirtió Isobel.

–No. Será una boda civil y discreta –aclaró Alex–. Solo para la familia más cercana.

–Pues enhorabuena a los dos –dijo Stuart, levantando su copa–. Y bienvenido a la familia, Alex.

–Gracias –respondió él, sonriente.

–Bienvenida a la familia, Bel –repitió Tom–. Siempre te hemos considerado parte de la familia, pero ahora ya perteneces oficialmente.

Isobel tragó saliva con dificultad.

–Gracias. Creo que voy a echarme a llorar.

–De eso nada –Alex, que se había sentado a su lado, la abrazó por la cintura.

–¿Ya habéis fijado la fecha? –preguntó Saskia.

–En unas tres semanas.

Isobel casi se atraganta con el champán.

–¡Alex! No puedo organizar una boda en tres semanas.

–Yo sí –repuso él–. No tengo otra cosa que hacer hasta que empiece en mi nuevo empleo, el mes que viene. Tres semanas para la boda y una semana de luna de miel me mantendrán ocupado –sonrió.

–¿No sería mejor esperar a que lleves unos cuantos meses en tu trabajo? –sugirió Isobel. Así podría buscar el mejor momento para confesarle lo que había pasado con Gary.

–No, Alex tiene razón –afirmó Anna–. Os conocéis desde siempre. ¿Por qué esperar más? Una boda en verano será maravilloso.

–A mí también me lo parece –corroboró Marcia–. Y nosotras nos encargaremos de tener a Alex controlado, ¿verdad, Anna?

–Absolutamente. Tendrá que llamarme todos los días.

–Un brindis por Isobel y Alex –propuso Marcia–. Y porque sean muy felices como marido y mujer.

–Por Isobel y Alex –repitió todo el mundo.

Alex inclinó la cabeza para susurrarle a Isobel al oído.

–Deja de preocuparte. Todo va a salir bien.

–Dejaos de arrumacos en la mesa –los reprendió Saskia–. Y tú, Alex, deja de abrazar a la pobre chica. Es la hora de comer.

Fue un almuerzo perfecto. Todo el mundo reía, hablaba y bromeaba, y a Isobel se le hinchó el corazón de alegría al pensar en lo mucho que quería a aquella gente.

Incluido a Alex.

Por desgracia, él no sentía lo mismo por ella. Si no se andaba con mucho cuidado volvería a acabar con el corazón destrozado. Y aquella vez no podría superarlo.

De camino a casa Alex notó lo callada que estaba Isobel.

–¿Estás bien?

–Sí, perfectamente –respondió ella, pero su sonrisa era claramente forzada.

–No te creo –le agarró la mano–. ¿Qué te ocurre? ¿Es por la boda?

Isobel suspiró.

–Sí, ya he pasado por la iglesia y por el banquete de bodas y todo salió mal.

–Salió mal porque confiaste ciegamente en el amor. Esta vez va a funcionar porque basaremos la relación en algo mucho más fiable y duradero. Te garantizo que esta boda no se parecerá en nada a tu primera –le lanzó una mirada maliciosa–. Para empezar, el novio llevará un sombrero Akubra.

–¿Lo dices en serio? –exclamó, pero enseguida se dio cuenta de que solo estaba bromeando. A Alex le encantaba tomarle el pelo.

–¿No quieres que lleve mi atuendo de cazador? Está bien, entonces tendremos una ceremonia romana. Convenceré a Rita para que vuelta a prestarme la toga.

–Alex…

–Solo estoy bromeando, Bel. ¿Cómo podría hacer una locura si nuestras madres no van a quitarme el ojo de encima?

–Bueno… pero me habría gustado más si lo hubieras planeado conmigo.

–Bel, estás hasta las cejas de trabajo. Lo último que necesitas al llegar a casa es tener que preocuparte por organizar una boda –le acarició los dedos con el pulgar–. Yo, en cambio, tengo todo el tiempo del mundo hasta que empiece a trabajar, y puedo preparar una boda inolvidable.

Ella tragó saliva.

–Alex, tengo que decirte algo…

–Todo va a salir bien, Bel. No voy a preparar nada que te moleste, confía en mí.

–Confío en ti. No se trata de eso –suspiró–. Hay algo que deberías saber de mí.

–No hay ningún impedimento legal para que nos casemos. ¿Quieres una boda civil o por la iglesia?

–Estoy divorciada. No puedo volver a casarme por la iglesia. Prefiero una boda civil. Y que sea algo sencillo y discreto, Alex. No un circo mediático.

–No será un circo mediático –prometió él.

–Todo está sucediendo muy rápido…

–Relájate. Nos quedan tres semanas. Y por mucho que desprecie el trabajo administrativo se me da muy bien organizarlo todo. No dejaré pasar ni un detalle –la miró de reojo–. Supongo que no llevarás el típico vestido merengue.

–Ya pasé por eso.

–¿Sabes lo que estaría muy bien? Un vestido de corte recto como el que llevaba Audrey Hepburn en *Desayuno con diamantes.*

–¿Un vestido de boda negro?

–Me refiero al corte, no al color. El blanco es idóneo.

Ella se quedó callada durante un rato.

–¿Qué pasa ahora? –le preguntó él.

–Nada.

–Bel, dímelo. ¿Qué ocurre?

–¿Adónde iremos de vacaciones?

A Alex no se le pasó por alto que dijera «vacaciones» en lugar de «luna de miel».

–No pienso decírtelo. Todo ha de ser una sorpresa.

–¿Y cómo voy a saber qué ropa llevar o si necesito vacunarme?

–No necesitas vacunarte. No vamos a ir a ningún sitio con mosquitos ni donde exista la más mínima posibilidad de contraer la malaria. En cuanto a la ropa... lleva lo que quieras.

–¿No puedo saber al menos si hará frío o calor?

–¿Sabes qué? Que mejor me encargo yo de tu equipaje.

–Te odio –dijo ella con un gruñido.

–Vamos, Bel. Quiero hacer por ti algo bonito, y me encanta dar sorpresas.

–A mí no me gusta recibirlas.

–Porque eres una fanática del control.

–No es verdad. Tú sí que eres una apisonadora.

–Insultarme no te servirá. No voy a decirte nada. Aunque podrías intentar seducirme...

–A lo mejor pruebo contigo como hizo Lisístrata.

–¿Una huelga sexual? Inténtalo, cariño, pero será un esfuerzo inútil.

–¿Ah, sí? –preguntó ella en tono desafiante.

–Sí. Y déjame demostrarte por qué –aparcó el coche en un área de servicio, se quitó el cinturón y tiró de ella para besarla. La resistencia de Isobel duró poco ante el indiscriminado aluvión de besos y mordiscos, y a los pocos segundos se rindió por completo y abrió la boca. Él le deslizó una mano bajo la camiseta y le acarició la piel como sabía que a ella le gustaba. Isobel le rodeó el cuello con los brazos y lo atrajo hacia ella.

Alex le agarró un pecho y le frotó el pezón a través del sujetador hasta endurecerlo.

–Es por esto que una huelga sexual no serviría de nada. Entre nosotros hay una química increíble y tu cuerpo lo sabe. Ahora mismo tus pezones están tan duros como lo estoy yo por ti, y no hay nada que desee más que hacerlo contigo.

A Isobel le ardieron las mejillas.

–¿Me estás diciendo que soy una mujer fácil?

–No, solo digo que el sexo es increíble entre nosotros –le acarició la cara–. Pero tener sexo en público es un delito, así que me decantaré por la segunda opción.

–¿Y cuál es?

–Conducir hasta casa lo más rápido posible sin que me pongan una multa. Una vez allí, quitarte la ropa y –le dedicó una sonrisa maliciosa– hacerte suplicar.

Ella soltó un bufido.

–En tus sueños, grandullón.

–En nuestros sueños.

La semana siguiente pasó volando. Isobel estaba tan ocupada que tuvo que admitir que de ningún modo habría tenido tiempo para organizar la boda o para ayudar a Alex.

Pero el viernes por la noche supo que tenía que hablar con él. Antes de salir a buscar el traje de novia y de que las cosas fueran demasiado lejos. Porque cuando Alex supiera la verdad, tal vez cambiara de opinión sobre la boda.

Mientras subía los escalones sentía los pies de plomo. No quería tener aquella conversación, pero cuanto más la postergara mayor sería el riesgo. Alex jamás le perdonaría que le hubiera mentido.

Respiró profundamente antes de entrar y abrió la puerta para encontrarse con Alex.

–Hola –la saludó él, levantando la vista del ordenador portátil–. ¿Qué tal el día?

–Muy bien –quería fingir que todo iba estupendamente, pero no podía hacerle aquello a Alex–. Tenemos que hablar, Alex. Tengo algo que decirte –levantó la mano para impedir que la interrumpiera–. No hay una manera fácil de decírtelo, así que te lo diré sin más. Y no quiero que digas nada hasta que haya acabado, ¿de acuerdo?

Él frunció el ceño y asintió.

–Adelante.

–Se trata de por qué rompimos Gary y yo. Y si decides marcharte, lo entenderé –cerró los ojos–. Intentamos formar una familia, pero perdí al bebé. Dos veces. Y –tragó saliva– como dijiste que querías tener hijos, has de saber que quizá yo no pueda dártelos.

Alex no dijo nada. Tal y como ella había temido. Lo siguiente que haría sería marcharse, igual que había hecho Gary. Ahogó un gemido y mantuvo los ojos cerrados. Un segundo después, se encontró entre los brazos de Alex.

–Prometí que no diría nada hasta que hubieras acabado –le recordó él.

–Ya- ya he acabado –balbució ella.

–Bel, lo siento. No sabía que habías pasado por algo así.

¿Lo sentía porque ya no quería casarse con ella?

Pero entonces ¿por qué la abrazaba con tanta fuerza, como si fuera lo más valioso del mundo?

–Lo siento –repitió él–. Siento que tuvieras que pasar por ese trauma. Creía que Gary quería hijos y tú no, por estar tan dedicada a tu trabajo.

–Yo quería un hijo –murmuró ella–. Lo deseaba con toda mi alma. Y cuando Gary me dejó pensé que nunca más tendría la oportunidad de tenerlo. Desde entonces he intentado reprimir esa necesidad y dedicarme por entero a mi trabajo, pero es imposible. Sobre todo desde que Saskia tuvo a Flora. Cada vez que abrazo a mi ahijada... –el anhelo era tan fuerte que apenas podía respirar.

–¿Qué ocurrió? ¿Te dijeron los médicos por qué habías abortado?

–Dijeron que era algo muy común en las doce primeras semanas.

–¿Te hicieron alguna prueba?

La pregunta le dolió, pero Alex se mostraba amable y comprensivo, sin culparla ni juzgarla.

–No se plantearon analizar las causas hasta que hubiera tenido al menos tres abortos, pero Gary no quiso correr el riesgo otra vez –le costaba contener las lágrimas–. Supongo que me estaba volviendo insoportable para convivir.

–¿Qué? –Alex sacudió la cabeza–. ¿Estás diciendo que te abandonó y que encima dijo que era culpa tuya?

Isobel apoyó la cabeza en su hombro.

–Sí –admitió con voz débil.

–Si tuviera en mis manos a ese despreciable, le rompería todos los huesos, lo untaría de miel y lo dejaría en el desierto de Turquía para que se lo comieran las hormigas.

Isobel echó la cabeza hacia atrás y lo miró con espanto. Nunca lo había visto tan furioso.

–Pero eso no cambiaría el pasado ni el daño que te hizo –continuó él–. Te dejó sola cuando más lo necesitabas –le acarició la mejilla–. Esto es lo que vamos a hacer: tú quieres un hijo.

–Sí.

–Y a mí me has ayudado a conseguir lo que quiero, así que yo haré lo mismo por ti. Cuando nos casemos, intentaremos tener un hijo.

–¿Pero y si…? –no fue capaz de terminar la pregunta.

–Nos ocuparemos de ello cuando llegue el momento. Si no funciona hablaremos con los mejores médicos, haremos las pruebas necesarias y veremos dónde está el problema y cuáles son las opciones.

Ella tragó saliva.

–Yo soy el problema.

–¿Cómo lo sabes?

–Porque Gary ha tenido un hijo con otra mujer.

Alex le apartó el pelo de la cara.

–No soy médico y no sé nada de abortos, pero las cosas nunca tienen una explicación tan simple, Bel. No te culpes a ti misma.

Ella se limitó a emitir un murmullo.

–En serio, Bel. No te eches la culpa –se calló un momento–. Cuando me contaste lo de la nueva pareja de Gary y su hijo creí que estabas contrariada porque seguías enamorada de él.

–Mi amor por él murió hace tiempo, y no envidio a esa mujer por tener a Gary. La envidio por… –por el bebé que ella tanto había deseado–. Si quieres cancelar la boda lo entenderé.

A Alex le brillaron los ojos.

–Dentro de dos semanas estaremos casados, Isobel Martin. Luego nos iremos de luna de miel y formaremos nuestra propia familia.

Isobel no pudo seguir conteniendo las lágrimas.

–Esto no cambia nada, Bel. Al contrario; es la prueba de que yo tengo razón. No se puede confiar en el amor –la besó ligeramente en la boca–. Pero en mí sí puedes confiar. Te lo prometo. Vamos, regálame una sonrisita.

Ella lo intentó, sin éxito, y él le rozó la punta de la nariz con la suya.

–Creo que necesitas comer. Pero no puedo preparar nada porque la nevera está vacía. Había pensado en llevarte a cenar esta noche.

–Eres muy amable, Alex, pero no tengo hambre –no podría tomar bocado ni salir de casa después de haber desnudado su alma ante Alex.

–Está bien, pues nos quedamos en casa –le acarició la cara y el pelo–. Lo que quiero hacer es abrazarte y que estemos piel contra piel. No voy a mentirte, Bel. No te puedo prometer que vaya a hacerlo todo bien, pero sí te puedo prometer que lo intentaré con todas mis fuerzas.

Isobel dejó que la despojara de su ropa, igual que ella se había despojado de sus barreras emocionales. Alex la abrazó en silencio durante largo rato, protegiéndola con su calor y sus fuertes brazos. Y cuando más tarde hicieron el amor, le demostró tanta ternura y delicadeza que Isobel se permitió creer que sentía por ella lo mismo que ella empezaba a sentir por él. Y qué, quizá, sus sueños iban a hacerse realidad.

A la mañana siguiente Isobel se despertó sola en la cama. Las sábanas estaban frías a su lado, por lo que Alex debía de haberse levantado desde hacía rato. Se puso una bata y fue al salón. Alex estaba acurrucado en el sofá, con el portátil y una taza de café. La miró y guardó el archivo en el que estaba trabajando.

–Buenos días. Pensaba despertarte en media hora.

–Es sábado. ¿Por qué te has levantado tan temprano?

–Siempre me levanto temprano, y como necesitabas dormir, me vine a trabajar aquí para no molestarte –los ojos le brillaron–. Además, no puedo prepararte una boda sorpresa si estás mirando continuamente lo que hago.

–¿Y si lo miro ahora qué?

–He cerrado el archivo y está protegido con una contraseña, así que no te molestes en intentar abrirlo. ¿A qué hora llegan nuestras madres?

–Tengo que encontrarme con ellas en la estación –miró el reloj de la repisa–. ¡Oh, Dios, no sabía que fuera tan tarde!

Fue la ducha más rápida que se había dado en su vida, y por una vez no se molestó en lavarse el pelo. Al acabar, Alex le tenía preparada una taza de café y una manzana y un plátano para el camino.

–Gracias, Alex. Y sobre lo de anoche… –tragó saliva–. Quería darte las gracias por ser tan comprensivo.

–Ya me conoces, Bel. No estamos subidos a ningún pedestal del que podamos caer. Ahora ve y que lo pases bien buscando tu traje de novia.

Isobel se encontró con sus madres y Saskia en la

estación, un poco más tarde de la hora convenida. Intentó sonsacarles alguna información de la boda, pero ninguna de ellas le reveló absolutamente nada.

–Alex pediría nuestras cabezas –dijo Marcia.

–Pero te prometo que te encantará –añadió Saskia.

–Y ahora sé lo mucho que te quiere Alex –corroboró Anna–, porque se ha tomado muchas molestias para preparar el día perfecto.

No, Alex no la quería, pensó Isobel. No de la forma que su madre creía. Pero no podía ni quería explicárselo, de modo que apartó el pensamiento de su cabeza y se concentró en la búsqueda del vestido.

–Este –dijo Anna, mostrándole un vestido de seda color crema, corto y sin mangas–. Es perfecto.

Isobel se lo probó y las tres le dieron el visto bueno. Mientras tanto, Marcia encontró los zapatos de tacón que iban a juego con el vestido.

–Lo más difícil ya está –anunció Saskia–. ¿Un café antes de seguir?

Lo siguiente fueron los vestidos para las madres. Tras visitar cuatro tiendas, Isobel pidió otro descanso.

Marcia las miró a ella y a Saskia.

–Os conozco desde siempre y sé que podéis pasaros de compras todo el día sin parar. ¿Lo estáis haciendo por mí?

–Claro que no –mintió Isobel.

–No te creo. Estáis haciendo pausas cada hora.

Y de verdad que no es necesario. No estoy enferma.

Isobel intercambió una mirada con su mejor amiga.

–Está bien, lo admito. Estamos preocupadas por ti, Marcia. No eres una inválida, pero has tenido serios problemas de salud y no queremos que te esfuerces demasiado.

–Querrás estar bien para la boda, ¿no? –añadió Saskia.

Marcia frunció el ceño.

–Eso es chantaje emocional.

–Pero tienen razón –intervino Anna amablemente–. Voto por un descanso.

–Me rindo –cedió Marcia.

Pasaron el resto de la tarde comprando más zapatos y los guantes, y la última parada fue para adquirir la tela naranja con la que confeccionar el velo. Anna la había convencido de que, si era de organza cristal y lo llevaba como una estola, el resultado sería precioso.

–No se lo digáis a Alex –les pidió Isobel–. Quiero que sea una sorpresa.

–Tampoco le dejaremos ver el vestido –prometió Marcia.

–Yo llevaré esto –dijo Anna, agarrando las bolsas con el vestido de Isobel, los zapatos y la tela–. Así Alex no verá nada hasta el gran día.

Isobel se estremeció.

–Mamá, no...

–Calla –le dio un cariñoso beso en la mejilla–. Es normal que tengas mariposas en el estómago.

No eran mariposas. Era una manada de elefantes bailando cancán.

–Pero Alex es el hombre ideal para ti –continuó Anna–. Los dos os queréis mucho, por lo que todo irá bien.

Isobel no estaba tan segura, porque no era cierto que el amor fuera recíproco.

Aun así, se obligó a sonreír.

–Gracias, mamá.

El fin de semana Isobel encontró por Internet el regalo de bodas perfecto para Alex: un reloj de cerámica negra sin marcadores en la esfera salvo por un diamante en las doce. Había un proveedor suizo cerca del museo, de modo que el lunes fue a comprarlo a la hora de comer, lo envolvió y lo guardó en una sencilla bolsa de plástico para que Alex no sospechara de su contenido.

Antes de que se diera cuenta había llegado el día antes de la boda. Se comió un sándwich en la oficina y empleó la jornada en adelantar todo el trabajo posible para la semana que estaría fuera. Pero cuando se disponía a marcharse, Rita dio unos golpecitos con una cuchara en una botella de espumoso y todo el departamento se fijó en Isobel.

–Espero que te guste –le entregó un paquete hermosamente envuelto–. Feliz boda de parte de todo el equipo.

Isobel lo desenvolvió con cuidado y se encontró con un cuenco de vidrio fundido cuyo color oscilaba del celeste al turquesa.

–Es precioso, Rita. Muchas gracias a todos.

–Nos vemos mañana por la noche –le dio un fuerte abrazo–. Has conseguido a un buen hombre, mucho mejor que aquel que no debe ser nombrado –añadió en voz baja– Sé que serás muy feliz con Alex. Se te nota en la cara cuando lo miras, y cuando él te mira a ti.

–Gracias, Rita.

Volvió a casa, protegiendo celosamente el paquete en el metro, y se encontró a Alex esperándola.

–Mira lo que nos han regalado mis colegas.

–Es muy bonito –comentó Alex–. Me encanta el color... Y quedará genial en nuestra nueva casa.

–¿Nuestra qué?

–Nos pondremos a buscarla en cuanto volvamos de la luna de miel. Esta casa solo tiene un dormitorio y vamos a necesitar más espacio para formar una familia.

–¿Y si no podemos tener una familia, Alex?

–Nos ocuparemos de eso a su debido tiempo –arqueó una ceja–. Mi abuela siempre decía: «No busques problemas hasta que los problemas te busquen a ti». Y en cuanto a la casa, tengo muchos más libros que tú y vamos a necesitar más espacio para que los dos podamos trabajar cómodamente.

–Podré dar mi opinión al respecto, ¿verdad? ¿O vas a arrollarme con tus decisiones igual que has hecho con la boda?

–Yo no te arrollo. Simplemente intento sorprenderte con la boda –aclaró él–. Quiero que tengas un día inolvidable. Pero la elección de una casa es distinto, porque tiene que ser un hogar para los dos, así que debemos buscarla juntos.

–¿Voy a tener que poner este piso en venta?

–No, pero sí puedes alquilarlo y usar la renta para pagar tu parte de la hipoteca.

–Tu casa también la tienes alquilada. ¿Cómo vamos a pagar otro piso?

–No voy a seguir alquilando mi piso. Me llamaron el otro día de la inmobiliaria para decirme que los inquilinos querían saber si estaba dispuesto a venderlo. Quería hablarlo contigo antes de aceptar la oferta, pero pienso que mudarnos a una casa más grande sería la opción más sensata, ¿no te parece?

–Supongo que sí –se mordió el labio–. Todo esto me sobrepasa, Alex. Hace un mes era soltera y tú estabas en Turquía. Mañana estaremos casados y dentro de diez días tú tendrás un trabajo de oficina. Y ahora me propones que nos mudemos de casa.

–Es verdad que todo está yendo muy rápido, pero ya verás cómo al final todo sale bien –le aseguró con voz amable, estrechándola entre sus brazos–. Piensa en lo divertido que será buscar juntos una casa nueva.

Isobel no estaba tan segura. Lo que Alex sugería tal vez fuera lo más sensato, pero a ella le gustaba su casa. Le gustaba mucho. Había sido su refugio desde que rompió con Gary, y perder aquella seguridad...

–Confía en mí –insistió él–. Voy a llamar para que nos envíen la cena mientras tú haces el equipaje, y después de comer nos iremos.

–¿Adónde?
–Al sitio donde mañana vamos a casarnos, ¿adónde si no?
–¿No vamos a casarnos en Londres?
–No –le sonrió–. ¿Te parece bien pasta, ensalada y pan de ajo?
–Estupendo –era mucho más fácil dejarse llevar cuando Alex se ponía a decidir por sí solo. Y en cualquier caso, le encantaba la comida italiana.
–Bien. Ve a hacer la maleta. Te recomiendo que lleves poca ropa y ligera. Si hace frío compraremos allí lo necesario.

No iba a darle ninguna pista sobre su destino ni sobre la boda, pero cuando salieron de Londres por la M4 Isobel dio por sentado que se dirigían hacia los Costwolds para casarse cerca de sus respectivas familias.
Sin embargo, Alex tomó una dirección diferente.
–¿Alex? ¿Adónde...?
–Lo sabrás cuando lleguemos allí.
–Eres desesperante.
–Lo sé –afirmó él con una sonrisa.
Llegaron a Bath y Alex aparcó frente a una bonita mansión georgiana en el centro de la ciudad.
–¿Es aquí donde vamos a casarnos? –preguntó Isobel, sorprendida.
–Deja de hacer preguntas. Nos alojaremos aquí esta noche.
–Alex, puede que el nuestro no vaya a ser un

matrimonio convencional, pero se supone que los novios no pueden verse antes de la ceremonia. Trae mala suerte. Yo vi a Gary la mañana de la boda.

–Cielo, tu matrimonio no se rompió por eso, sino por casarte con un hombre que no era bueno para ti –le acarició la mejilla–. Yo no soy Gary ni esto será una repetición de tu primer matrimonio. Pero de todos modos dormiremos en habitaciones separadas.

–¿Cuándo veremos a nuestras madres y a Saskia?

–A las seis de la mañana.

–¿A las seis? ¡A esa hora ni siquiera ha amanecido!

–Menos mal que eres una mujer madrugadora... –se puso serio–. Tengo que decirte algo, Bel.

–¿El qué? –preguntó ella, sintiendo un escalofrío por la espalda.

–No te retrases mañana. Ya sé que la novia siempre llega tarde, pero si mañana no somos puntuales, tendremos un serio problema.

–¿A qué hora vamos a casarnos?

–A las ocho y media.

–¿Me tomas el pelo? ¿Cómo vamos a casarnos tan temprano?

–Mañana lo entenderás.

Se registraron en el hotel y llevaron sus maletas a la habitación de Isobel, donde había una botella de champán en un cubo con hielo.

–Tengo que darte tu regalo de bodas –dijo él.

–Yo también.

Alex atenuó las luces, descorchó la botella y sirvió las copas para hacer un brindis.

–Por nosotros.

–Por nosotros –repitió ella.

Alex deshizo su maleta y le entregó un paquete dorado con una cinta naranja. Isobel lo abrió y contempló boquiabierta el collar de perlas negras. No entendía mucho de joyería, pero debían de haber costado una fortuna.

–Son preciosas, Alex… Gracias.

–Feliz día de boda –dijo él mientras ella se las probaba–. Son tahitianas, por cierto. Y te quedan muy bien. Podrías llevarlas mañana.

–Claro que lo haré. Quedarán perfectas con el vestido –volvió a guardarlas con cuidado en el estuche y sacó su regalo de la maleta–. Esto es para ti.

Alex lo desenvolvió y parpadeó con asombro al ver el reloj de cerámica.

–Vaya… Es fantástico. Gracias. También yo lo llevaré mañana –volvió a guardarlo después de habérselo probado y se sentó en la cama–. Ven aquí. Quiero darte las gracias como es debido.

–Y yo a ti.

El acto fue tan delicado y perfecto que Isobel estuvo a punto de llorar de emoción. Dos minutos antes de medianoche Alex se levantó, se vistió, se despidió con un beso hasta el día siguiente y se fue a su cuarto.

Capítulo Seis

Isobel apenas pegó ojo durante la noche. Se había acostumbrado a dormir con Alex y la cama se le antojaba vacía sin él a su lado.

Y cuando al fin empezó a dormirse, la despertó el teléfono.

–En pie, cielo. Nos casamos dentro de dos horas y media.

–Pero...

–No da mala suerte hablar con el novio la mañana de la boda –la interrumpió él, riendo–. Mañana podrás dormir todo lo que quieras, sobre todo después de lo que te espera esta noche.

–¿Ah, sí?

–Pero eso será esta noche. Ahora ve a ducharte, porque tendrás visita dentro de veinticinco minutos.

Isobel miró el reloj.

–¿Ya se han levantado?

–Su hotel está a dos minutos en taxi y Saskia me dijo ayer que se cambiarían en tu habitación, así que date prisa. Nos vemos a las ocho y media.

Tras ducharse y lavarse el pelo se sintió mucho más despejada. Acababa de enrollarse una toalla en la cabeza y ponerse la bata del hotel cuando llamaron a la puerta. Eran Marcia, Anna y Saskia, portando un montón de bolsas y cajas y luciendo radiantes sonrisas.

–El plan es el siguiente –la informó Saskia–. Nuestras madres se encargan de preparar la ropa y de pedir el desayuno y yo de peinarte y maquillarte para convertirte en la novia más hermosa que jamás se haya visto.

–¿Café y cruasanes de chocolate? –sugirió Anna.

–Y zumo de naranja para que no digan que no seguimos una dieta equilibrada –decidió Saskia.

–¿Qué tal un poco de champán también?

–No sé –dudó Saskia–, no queremos que la novia se emborrache y se caiga en... –se llevó las manos a la boca–. No he dicho nada.

Isobel no tuvo tiempo de preocuparse por la boda. Con el desayuno a base de bollos y pastas, la llegada del ramo de azucenas color crema y las labores de peinado, manicura y maquillaje, no le quedó un solo minuto libre.

–Hora de vestirse –dijo Anna–. Veamos. Tienes que llevar algo viejo y prestado –le entregó la pulsera de oro que sus padres le habían regalado al cumplir veintiún años.

–Gracias, mamá.

–Algo nuevo, que puede ser el vestido. Y algo azul –Saskia sacó una bolsa del bolso y se la entregó.

–¿Un liguero azul?

–Tranquila, no te haremos enseñar las piernas –le aseguró Saskia con una sonrisa.

–Te ahorraremos llevar la moneda de seis peniques en el zapato –concedió Marcia–. Sería demasiado incómodo.

Saskia la ayudó a ponerse el vestido y los guantes.

–Y esto –dijo Isobel, sacando las perlas.

–Dios mío, Bel. Son preciosas –exclamó Marcia.

–Alex me las dio como regalo de bodas –explicó ella tímidamente.

–Quedan perfectas con el vestido –observó Anna. Sacó la estola de organza y se la colocó sobre los hombros–. Pareces una princesa.

Marcia sacó su cámara del bolso.

–Sujeta el ramo, Bel... Así. Y ahora, sonríe.

–Pareces... –Saskia parpadeó para contener las lágrimas–. Bel, hoy vas a ser mi hermana.

–En el colegio te gustaba decir que era tu hermana gemela –le recordó Marcia.

–La hermana que nunca pude darte, Bel –se lamentó Anna con los ojos llenos de lágrimas.

Isobel miró sorprendida a su madre. Nunca habían hablado del tema y ella había crecido con la certeza de que sus padres la habían tenido por accidente.

¿Tal vez su madre había querido tener más hijos? ¿Podría ser que hubiera tenido problemas para concebir? ¿Habría tenido abortos al igual que ella?

–Mamá...

–Este no es el lugar ni el momento para hablar de ello –zanjó Anna–. Pero ten siempre presente que tu padre y yo te queremos muchísimo y que estamos muy orgullosos de ti. No te imaginas lo felices que nos hace que Alex y tú vayáis a estar juntos.

–Creo que voy a echarme a llorar –dijo Isobel con un nudo en la garganta.

–Ni se te ocurra, o echarás a perder el maquillaje –le advirtió Saskia–. No quiero imaginarme la reacción de Alex si le entregamos a su novia hecha un desastre.

El teléfono sonó; Marcia respondió y asintió.

–Gracias –se volvió hacia las otras–. El coche de bodas viene para acá.

–¿El coche de bodas? –repitió Isobel–. ¿Pero adónde vamos?

–No podemos decírtelo, pero todos van para allá.

Alex había alquilado un Rolls-Royce, y cuando se detuvieron frente a la abadía de Bath Isobel sacudió la cabeza.

–No, esto no puede ser... Es imposible que haya reservado la abadía. ¿Cómo vamos a casarnos por la iglesia si estoy divorciada?

–No será en la abadía –le dijo Anna mientras le apretaba la mano–. Te va a encantar.

Isobel lo comprendió finalmente cuando llegaron a la entrada de las termas romanas.

–No me puedo creer que Alex haya organizado esto...

–Están abiertas al público durante el día, de modo que la única hora a la que podéis casaros es a las ocho y media de la mañana –explicó Saskia–. Por eso la necesidad de madrugar tanto.

–Dios mío –no sabía qué decir.

–Sonríe, o mi hermano me matará –le ordenó Saskia.

–Podríamos haber venido a pie –dijo Marcia–, pero Alex quería apurar hasta el último segundo. Ya conoces a mi hijo.

Las antorchas alrededor del agua estaban encendidas y el vapor se elevaba en el aire. El agua era del mismo color turquesa que el cuenco que le habían regalado sus colegas e Isobel sospechó que no se trataba de una coincidencia.

Y entonces vio a Alex.

Jamás se habría esperado encontrárselo con un chaqué: levita negra, pantalones de raya diplomática, camisa blanca, faja dorada y una corbata del mismo color que el chal de Isobel. El resto de invitados iban vestidos de manera similar y todos llevaban una azucena en el ojal.

Y por un instante fugaz, Isobel llegó a creerse que iba a casarse con Alex por amor. El corazón le dio un vuelco cuando caminó hacia ella con una sonrisa, arrebatadoramente atractivo.

–Estás genial. Me gusta –dijo él, riendo–. Y también me gusta cómo llevas recogido el pelo –se inclinó hacia ella para susurrarle al oído–. Estoy impaciente por soltártelo esta noche…

Un estremecimiento de deseo la sacudió.

–Habrá que esperar –miró alrededor, al secretario y a sus familias, todos sonrientes y felices–. Gracias por todo esto, Alex. Es… –las lágrimas empezaron a afluir a sus ojos.

–No llores, Bel –dijo él, alarmado.

–Son lágrimas de felicidad –se apresuró a aclararle.

–Aun así –la agarró de la mano y se la llevó a los labios–. Vamos a casarnos.

–No me pudo creer que vayamos a casarnos en unas termas de dos mil años.

–Te dije que sería algo distinto –dijo él con una sonrisa.

–Es perfecto, Alex –lo acompañó a la mesa donde esperaba el secretario del registro, quien les dio la bienvenida a todos los asistentes mientras Alex la sujetaba fuerte de la mano.

–Declaro no conocer ninguna razón legal por la que yo, Alexander Tobias Richardson, no pueda contraer matrimonio con Isobel Anna Martin.

Ella repitió sus palabras y él la tomó de ambas manos y la miró fijamente a los ojos.

–Yo, Alexander, te tomó a ti, Isobel, como mi legítima esposa.

Ella tragó saliva antes de hablar.

–Yo, Isobel, te tomo a ti, Alexander, como mi legítimo esposo.

Saskia se acercó con Flora en brazos. La pequeña portaba una cesta con los anillos. Alex agarró el más pequeño y se lo deslizó en el dedo a Isobel.

–Con este anillo yo te desposo y uno mi vida a la tuya.

Y también lo hizo ella al ponerle la otra alianza. Apenas oyó las palabras del secretario. Solo tenía ojos para la radiante sonrisa de Alex.

–Puedes besar a la novia –fue lo único que oyó.

Y él lo hizo.

Firmado el registro, se hicieron las fotos de rigor y volvieran al hotel, donde tuvieron que hacerse más fotos en el jardín mientras los sobrinos de Alex les arrojaban pétalos de rosas. Después, tuvo lugar el almuerzo ligero que Alex había organizado en un comedor privado.

–¿Y los discursos? –preguntó Polly.

–No hay discursos –respondió Alex–. Estamos juntos, casados y felices. Fin de la historia –señaló a los niños, que estaban jugando con el tren de juguete que él había hecho instalar para ellos–. Y los críos se morirían de aburrimiento si nos pusiéramos a hablar.

–No les importará. Están encantados con el tren, gracias a su tío –observó Helen.

Alex se rio.

–Recuerdo cómo de niño me moría de aburrimiento en las bodas. Pensé que les gustaría hacer algo más entretenido.

–Desde luego –confirmó Polly–. Pero ¿de verdad vas a dejarnos sin discursos?

–Realmente no hay nada que decir. Todo el mundo sabe cómo nos conocimos.

–A mí sí me gustaría decir algo como padre de la novia –declaró Stuart–. He encontrado una bendición preciosa en Internet. No es romana, sino apache, pero me ha parecido muy bonita.

–Adelante, papá –lo animó Isobel.

Stuart se levantó, sacó una hoja del bolsillo de su chaqueta y empezó a leer.

–Que el sol te traiga nueva energía cada día;

que la luna restaure suavemente tu ser por la noche; que la lluvia te limpie de preocupaciones y que la brisa te sople nuevas fuerzas. Que camines tranquilo por el mundo y aprecies su belleza todos los días de tu vida.

»No sentirás la lluvia, porque cada uno seréis el refugio del otro. No sentirás frío,porque cada uno será el abrigo del otro.

»Seréis dos personas, pero con solo una vida por delante. Entrad juntos en vuestra morada, y que vuestros días sean largos y prósperos en la tierra.

Todo el mundo rompió a aplaudir.

–Es precioso, Stuart –le dijo Marcia.

A Isobel se le había formado un nudo en la garganta. Miró a Alex, que le apretó la mano, y cuyos ojos brillaban de sincero agradecimiento. Como si se hubiera casado con ella de verdad.

Legalmente era de verdad. Solo faltaba el gran amor que todos creían que se profesaban.

Tom fue el siguiente en levantarse.

–Soy más de números que de letras, y como no puedo competir con algo tan bonito como lo de Stuart seré breve:bienvenida a la familia, Bel. Desde siempre te hemos considerado una parte de la familia, pero estamos encantados de que seas oficialmente una de nosotros. Que los dos seáis muy felices. Y ahora, brindemos todos por Bel y por Alex.

–Por Bel y por Alex –repitieron todos.

Y Alex respondió al brindis besando apasionadamente a su novia.

–Viendo los discursos tan bonitos que han hecho nuestros padres, quizá diga yo también algunas palabras –anunció Alex.

–Ya era hora –bromeó Helen.

–Solo quiero daros las gracias a todos por estar aquí, por compartir un día tan especial y por toda la ayuda que nos habéis prestado, especialmente nuestras madres y Saskia. Sé que es tradición que los novios repartan regalos a sus padres y demás, pero no me gusta repartir regalos en público, así que encontraréis nuestro agradecimiento en vuestras habitaciones. Y el tren es para que se lo queden los niños.

–Eres muy generoso, Alex –le dijo Polly.

–Y como todos lleváis en pie desde el alba, os sugiero una siesta antes del banquete de esta noche. Podéis quedaros a tomar más champán y café si os apetece, pero yo quiero pasar un rato tranquilo a solas con mi novia.

–Bastante rato, diría yo –corrigió Saskia–. Ya sabemos lo que significa eso.

–He dicho un rato tranquilo, no una noche de bodas –insistió Alex, riendo, y volvió a levantar su copa–. Por todos vosotros. La mejor familia del mundo.

Tras darle unas breves instrucciones al mayordomo, se llevó a Isobel al jardín y se sentaron en una mesa bajo un árbol.

–Ahora vamos a hacer algo muy inglés... Tomar el té en el jardín.

–Por mí estupendo –le dijo ella con una sonrisa–. Ha sido perfecto –y muy distinto a su primer matrimonio. Alex lo había hecho todo muy fácil–. Y el anillo es precioso.

–Me alegro de que te guste.

La expresión de Alex la escamó.

–¿Hay algo que me estés ocultando?

Él le dedicó una enigmática sonrisa.

–No importa. ¿Sabes que estás increíble con ese vestido? Sobre todo con el velo naranja.

–No es un velo, es una estola –lo corrigió ella–. Tú también estás muy guapo. Creía que no soportabas los trajes.

–Y así es –afirmó él–. Había pensado en llevarte a un spa esta tarde, pero no quería echar a perder tu peinado y el maquillaje antes de esta noche...

–No sé si preguntarte qué tienes pensado para esta noche.

Él se echó a reír.

–Es una sorpresa, pero seguro que te gustará.

–¿Será algo romano?

–Es posible –arqueó una ceja–. Considérate afortunada de que los invitados nos arrojaran confeti en vez de nueces.

–Te has tomado muchas molestias, Alex.

–Por ti valía la pena –repuso él, y por un instante Isobel pensó que iba a decirle que la amaba. Pero sabía que Alex no creía en el amor, y ella tampoco. No iba a arriesgar otra vez su corazón. Alex tenía razón al afirmar que la amistad y el sexo eran una buena base para el matrimonio. Y si no podían tener hijos, él seguiría estando a su lado.

–Esto es vida –comentó Alex después de que la camarera les sirviera el té.

–Seguro que preferirías estar fotografiando ruinas y aprendiendo la historia del lugar.

–Sí, bueno –admitió él–. Pero difícilmente podría hacer eso hoy.

–¿A qué hora es el banquete?

Él miró su reloj.

–No tenemos que estar en el banquete hasta las siete, por lo que tenemos que salir de aquí a las diez, si no te importa caminar.

–Claro que no.

–Tendremos que bailar juntos, pero si no te gusta bastará con el primer baile.

El primer baile. La sensación de estar flotando en el aire, a solas con su marido aunque estuvieran en un salón abarrotado.

–Siempre que no hayas elegido la misma canción que sonó con Gary...

–Lo dudo. Para empezar, habrá un cuarteto de cuerda.

–¿Un cuarteto de cuerda?

Él volvió a reírse.

–Tranquila. Ya verás como te gusta.

–Creo que nunca te he visto bailar. No bailaste en la boda de Saskia, ni en la de Helen ni en la de Polly.

Él se encogió de hombros.

–No es algo que suela hacer.

–¿No sabes bailar?

–No he dicho que no sepa. Simplemente que no lo hago. ¿Tienes miedo de que te pise y te destroce los zapatos?

–No –mintió.

Alex se levantó, la tomó de la mano y la hizo ponerse en pie.

–Vamos a practicar –la sostuvo pegada a él y empezó a entonar suavemente una balada al tiempo que se movía con ella, sincronizando perfectamente sus pasos.

–No sabía que tuvieras una voz tan bonita, Alex.

–Gracias–se echó hacia atrás e hizo una reverencia burlona–. ¿Sigues temiendo que te destroce los zapatos?

–Tienes muy buen sentido del ritmo –apreció ella con una sonrisa–. Pero eso no ha sido exactamente un baile.

–No esperes que me ponga a bailar como Fred Astaire o Patrick Swayze, porque esto es lo máximo que puedo hacer. Y solo en ocasiones muy especiales.

¿Estaba diciendo que aquel día era especial para él? No se atrevió a preguntárselo.

Volvieron a la mesa y Alex se puso a hablar de historia. Pero era evidente que estaba inquieto.

–Quieres ir a explorar, ¿verdad, Alex?

–Estoy muy bien sentado aquí contigo, relajado.

–Mentiroso –le sonrió–. Estamos a pocos pasos de las termas, y hace mucho que no voy allí.

–¿Cómo que no? Hemos estado allí esta mañana.

–Me refiero como turista.

–No puedo pasearme por Bath vestido así.

–¿Y si vamos a cambiarnos? Nadie tiene por qué enterarse.

–Tú puedes quedarte como estás. Si te quitas la estola y los guantes parecerás una invitada a una boda que está matando el tiempo antes de la ceremonia.

–Igual que tú.

–¿Puedo dejar al menos la levita, la corbata y el chaleco?

–De acuerdo. ¿En tu habitación o en la mía?

–Déjame tu estola y yo me ocupo.

Ella frunció el ceño.

–¿Por qué no puedo ver la habitación?

–Porque quiero que la primera vez que la veas sea cuando te lleve en brazos a nuestra cama.

Isobel se estremeció de deseo al pensarlo.

–Quédate con esa idea –le dijo él, y se llevó la estola y los guantes.

Regresó a los pocos minutos en mangas de camisa.

–¿Seguro que puedes caminar con esos zapatos?

–¿Por qué iba a comprarme unos zapatos con los que no pueda caminar?

–Claro –dijo él, riendo–. Práctica hasta el fin. Esa es mi Bel.

Se pasaron el resto de la tarde paseando por Bath. Y naturalmente empezaron por las termas romanas.

–Hace solo unas horas nos casamos aquí –susurró Alex, rodeándola con un brazo.

Isobel aún no había asimilado la boda. A pesar

del anillo que llevaba en el dedo no se sentía como una mujer casada, sino más bien como una chica que estuviera haciendo novillos con su amigo y amante.

Alex insistió en que siguieran haciendo turismo. Estuvieron caminando de la mano por el Circus y admirando las casas georgianas.

–Me encantaría tener una casa como esas –se lamentó Isobel–. Techos altos y con luz a raudales.

–Podemos tenerla, si quieres.

Isobel arrugó la nariz.

–Piensa en lo que sería ir a trabajar todos los días desde aquí.

–Tienes razón –lo pensó un momento–. Pero podríamos comprar un piso en un edificio georgiano de Bloomsbury, por ejemplo. Con techos altos y mucha luz.

–Y un precio por las nubes.

Él le apretó la mano.

–Nos lo podemos permitir. De lo contrario, no lo habría sugerido.

–Tú quizá puedas, pero yo no.

–Bel, no empieces a crear dificultades donde no las hay. Ahora estamos casados, así que lo que es mío es tuyo. Y tendría sentido que viviéramos en Bloomsbury. No emplearíamos mucho tiempo en ir al trabajo. Y si te gusta la zona.

–Sí que me gusta –admitió ella.

–Pues ya está.

Isobel miró las bonitas casas de piedra.

–¿Estás seguro?

–Completamente. Si encontramos una casa que

nos guste podemos persuadir a los vendedores para que nos permitan tomar posesión de la misma cuanto antes. Así todos salimos ganando: ellos venden y nosotros tendremos la casa que queremos.

–Lo tuyo es la persuasión, ¿verdad?

Él se rio.

–¿Eso es un sí?

Ella asintió.

–Lo es. Y gracias.

Alex la giró hacia él y la besó.

Volvieron al hotel y Alex miró su reloj.

–Deberíamos estar allí cuando empiecen a llegar los invitados, de modo que hay que marcharse enseguida. ¿Tienes que arreglarte?

–Solo retocarme el maquillaje. No creo que me quede nada del pintalabios.

–Eh, que el beso ha sido cosas de dos –le recordó él, haciéndola reír.

–Bueno, ¿vamos a mi habitación o a la tuya?

–¿Es que no puedes meter un espejo y un pintalabios en el bolso, como hacen todas las chicas? –le reprochó él, ignorando la pregunta.

–Ya ves que no llevo el bolso conmigo. Tengo el pintalabios arriba.

–Voy a buscarlo.

–Alex, sería más rápido si…

–No –la interrumpió él–. No irás a la habitación hasta que te lleve en brazos.

Volvió al cabo de un par de minutos, con el maquillaje y un espejo. Lo devolvió todo a la habitación después de que Isobel se retocara y volvió a bajar con la levita, el chaleco y la corbata.

–¿Lista?

–Lista –respondió ella, y esa vez no se sorprendió cuando la llevó de vuelta a las termas–. Debería habérmelo imaginado.

–Había que seguir con el tema de la boda hasta el final, ¿no?

Los músicos estaban interpretando un concierto de violín cuando Alex y Isobel entraron. Había una mesa llena de copas y champán en cubos de hielo y otra con comida. Además había otras mesitas y sillas repartidas por doquier.

–Es perfecto –susurró Isobel.

Sus familias fueron los primeros en llegar. Stuart estrechó la mano de Alex y abrazó a Isobel.

–El pisapapeles es precioso, cariño. Muchas gracias.

–De nada. Sírvete un poco de champán, papá.

Sus madres y Saskia estaban igualmente encantadas con sus ramos, y Tom también parecía muy complacido con su pisapapeles.

–Cada vez que lo vea en mi mesa pensaré en este día. Gracias a los dos.

–Polly y yo no nos merecíamos un regalo –observó Helen–. No os hemos ayudado con los preparativos.

–No queríamos excluir a nadie. Además, se me ocurrió que si os comprábamos suficientes bombones dejaríais de fastidiarme durante un minuto, al menos –dijo Alex con una sonrisa.

–¡Serás malo! –Helen lo golpeó en el brazo–. Bel, espero que consigas reformarlo.

–A ella le gusto como soy... ¿Verdad, Bel?

–No creo que nadie pudiera cambiar a tu hermano, Helen –aseveró Isobel.

El resto de invitados fueron llegando y felicitándolos efusivamente. Algunos excolegas de Alex habían llegado de Turquía, y otros habían recorrido todo el país para estar allí. El departamento de Isobel se había presentado casi al completo, así como viejos amigos de la familia.

La lista de invitados por parte de Isobel no difería mucho de la de su primera boda. La diferencia era que en aquella ocasión afrontaba el futuro con mayor realismo.

Ojalá en aquella ocasión funcionara.

Capítulo Siete

Alex le hizo una señal a un violinista para el primer baile y empezó a tocar.

Los ojos de Isobel se abrieron como platos al reconocer la melodía. Era una versión instrumental de *Time in a Bottle*, Alex sabía que Isobel conocía la letra.

La tomó en sus brazos y, gracias a los altos tacones de Isobel, le bastaba con inclinarse un poco para pegar la mejilla a la suya. Si creyera en el amor diría que era la emoción que sentía por Bel. Su amiga. Su amante. Su novia.

Sintió un escalofrío al pensarlo. La última vez que había creído en el amor todo había salido mal. Por eso nunca había vuelto a implicarse emocionalmente con nadie.

Con Isobel, en cambio, era distinto.

A él siempre le había gustado, incluso cuando eran niños. Le resultaba muy fácil hablar con ella y disfrutaba de su compañía, sobre todo cuando comenzaron a compartir su afición por la historia. Fue ella quien lo animó a enviar sus artículos al periódico. Y fue ella la primera persona a la que Alex llamó para contarle la oferta que le hicieron para trabajar en televisión.

Cuanto más pensaba en ello, más se daba cuenta de lo importante que había sido Isobel en su vida.

Razón de más para no enamorarse de ella. No quería que su relación se estropeara. Quería volver a casa con ella al acabar el día, quejarse del papeleo y dejar que ella se burlase de su mal humor. Quería compartir con ella sus descubrimientos, sabiendo que le hacían tanta ilusión como a él. Y quería tener una niña con los grandes ojos marrones de Isobel y su tímida sonrisa. Una niña a la que poder llevar a hombros y a la que adorase con toda su alma. Una niña a la que poder enseñar e encontrar fósiles en la playa y cavar zanjas en el jardín.

Todos aquellos pensamientos lo hicieron estremecerse. Y cuando acabó la canción besó ligeramente a Isobel en la mejilla y se apartó. Necesitaba poner espacio entre ellos.

–Yo ya he bailado bastante por esta noche. Será mejor que te deje libre, para que no digan que estoy acaparando a la novia.

Pero mientras se paseaba por el salón y charlaba con sus amigos, siguió siendo consciente de dónde estaba Isobel, como si un cordón invisible lo atara a ella. Cada dos por tres la buscaba con la mirada y ella le sonreía. Y cada vez que eso sucedía el corazón le daba un vuelco.

Al cabo de un rato no pudo aguantarlo más y fue hacia ella, que estaba hablando con sus colegas. Se acercó por detrás y le rodeó la cintura con los brazos, como se esperaba de él. Pero aunque

Isobel pensara que solo estaba actuando, no era así. Necesitaba abrazarla y sentirla.

–Bonito lugar para la boda, Alex –le dijo Rita.

–Teniendo en cuenta que mi mujer se pasa el día vestida de romana, no podíamos celebrar la boda en otra parte –repuso él con una sonrisa–. ¿Nos disculpas, Rita? Tengo que hablar con la novia –se llevó a Isobel a un rincón apartado–. Bel, mañana tenemos que levantarnos muy temprano. Creo que lo mejor sería despedirse y marcharse ya.

–¿Tan temprano como hoy?

–No, no tanto –le acarició la nuca–. Pero ya he alternado y hablado bastante.

Ella asintió.

–La verdad es que cansa un poco estar a la altura de las expectativas y fingir que estamos enamorados.

Si ella supiera... Lo realmente agotador era intentar no enamorarse de ella.

–No nos hace falta el amor. Estamos mucho mejor sin él –lo decía para convencerse a sí mismo tanto como a ella–. Nosotros disfrutamos de una sólida amistad y de un sexo genial. No hay mejor combinación que esa.

–Desde luego que no –¿eran imaginaciones suyas o Isobel parecía un poco melancólica? Las bodas ejercían aquel efecto en las mujeres, y era del todo imposible que se estuviera enamorando de él.

Y él sería un estúpido si esperase otra cosa. Enamorarse sería el primer paso hacia el fracaso de su matrimonio.

Se despidieron de los invitados y se marcharon de la mano de regreso al hotel.

–Solos tú y yo –dijo él cuando entraron en el ascensor–. Llevo esperando este momento todo el día –tal vez hacer el amor con ella lo ayudara a despejarse y devolverlo a la normalidad.

–¡Alex! –exclamó ella, horrorizada–. Estamos en un ascensor.

–Estamos solos en un ascensor –corrigió él–. Pero seré bueno y no te desnudaré, por ahora –le pasó el dedo por la cremallera del vestido–. Estoy impaciente por quitarte esto y besarte la espalda desnuda. Y luego… –le extendió las manos por el vientre y las subió hasta sus pechos– te tocaré así –le frotó suavemente los pezones y sintió cómo se ponían duros–, y así –bajó una mano y la apretó contra la entrepierna–. Voy a tocarte, y lamerte, y hacerte de todo hasta que te mueras de placer.

Isobel lo miraba con la boca entreabierta, las mejillas coloradas y los ojos ardiendo de deseo.

Justo como él la quería. Las puertas del ascensor se abrieron y Alex la llevó de la mano hasta la habitación. Introdujo la tarjeta en la ranura y se inclinó para levantar a Isobel en brazos.

–Es la tradición –le dijo mientras cruzaban el umbral.

Isobel miró con asombro la cama de columnas.

–No me esperaba algo así.

–Es lo propio para una noche de bodas. Y para continuar con la tradición, voy a hacerle el amor a mi esposa. Muy, muy despacio.

Le quitó la estola de los hombros y la dejó caer

en la cama. A continuación le dio la vuelta a Isobel y le bajó lentamente la cremallera, prolongando el momento. La besó en la nuca y la espalda y le quitó el vestido y los tirantes del sujetador para descubrirle los hombros. Dejó que el vestido cayera al suelo y lo agarró para colgarlo en el respaldo de una silla. Isobel quedó tan solo con el sujetador a medio quitar, el liguero azul y las medias y unas diminutas braguitas de seda. Estaba de espaldas a él, y era la visión más excitante que Alex había visto en su vida.

Le quitó las horquillas y entrelazó los dedos en sus suaves cabellos.

–Hueles muy bien... –la voz le salió ligeramente ronca–. Otra vez a azahar.

Ella se dio la vuelta.

–Y tú llevas demasiada ropa –también su voz sonaba ronca. Lo deseaba tanto como él a ella.

–¿Quieres que me desnude?

–Sí.

–Muy bien –se quitó la chaqueta y la dejó en la misma silla que el vestido. Lo siguiente fue el chaleco, que se desabrochó intentando ocultar el temblor de sus manos. Se detuvo tras quitarse la corbata y arqueó una ceja–. Me duelen los dedos.

Ella sonrió.

–¿Me estás pidiendo que te eche una mano?

Él también sonrió.

–Te estoy pidiendo que me desnudes.

Se acercó contoneándose sensualmente y a Alex se le desbocó el corazón. Incapaz de resistirse, le agarró las nalgas y la apretó contra él, y ella esbozó una pícara sonrisa al sentir su erección. Le desabotonó la camisa y Alex no perdió tiempo en quitársela y arrojarla al suelo. No quería separarse de ella ni un segundo.

Ella le desabrochó los pantalones, le bajó la cremallera tan lentamente como había hecho él con el vestido y le pasó un dedo por la erección.

–Ah, ¿con que esas tenemos? –dijo él. Se quitó rápidamente los pantalones y los calcetines y le desabrochó el sujetador con una mano.

Agachó la cabeza y atrapó un pezón con la boca. Ella pronunció su nombre con voz ahogada y lo agarró por el pelo para acuciarlo a seguir.

Alex no necesitó más indicaciones. La levantó en brazos y la llevó a la cama de columnas para tumbarla de espaldas y arrodillarse entre sus muslos. Su piel era exquisitamente suave, y él se moría por tocarla íntimamente. Le recorrió la curva de las caderas y los muslos, como si estuviera descubriendo sus formas por primera vez.

–Me gusta que lleves medias –enganchó un dedo en el liguero azul. Era increíblemente sexy–. Me encanta el contraste con tu piel. Áspero contra suave –le agarró una mano y se la pegó a la mandíbula–. Áspero contra suave –repitió, y agachó la cabeza para prodigarle un reguero de besos por la clavícula, bajo las perlas negras que rodeaban el cuello. Descendió por los pechos y le lamió el ombligo, sintiendo sus ansiosos temblores.

–¿No te parece que esto es una barrera innecesaria? –le preguntó, presionándole el sexo a través de las braguitas.

–Sí.

–Permíteme un arrebato salvaje –sin dejar de mirarla a los ojos, le arrancó las braguitas por los costados.

–¡Me has roto las braguitas! ¡Y son de seda!

–Ya te compraré otras –repuso él–. Aunque no vas a necesitarlas durante la próxima semana... –volvió a acariciarle las medias–. Estas puedes dejártelas puestas. Y las perlas también.

–Te olvidas de algo.

–¿De qué?

–De esto –apuntó con la cabeza a sus boxers.

–¿Quieres arrancármelos? –le sugirió, riendo, se los quitó y se tumbó junto a ella–. Estoy en tus manos.

–¿En serio? –le acarició con la punta del dedo el esternón y la línea de vello que le descendía por el abdomen, pero al llegar a la erección mantuvo el dedo a escasos milímetros del miembro.

Lo estaba volviendo loco.

–Déjate de juegos –le advirtió.

–Has dicho que estabas en mis manos.

–Tus manos no están donde quiero que estén.

–¿Y dónde tendrían que estar, *maritus meus*?

Él se la colocó encima, sentada a horcajadas, y la movió hasta que la punta del pene rozó la entrada a su sexo. Solo entonces entrelazó las manos con las suyas.

–Aquí estarán muy bien.

–Alex...

–Isobel –movió la pelvis y se introdujo lentamente dentro de ella–. Mejor. Mucho mejor...

Ella empezó a mecerse encima de él, tan despacio que cada movimiento era una tortura para Alex. Y justo cuando pensó que iba a explotar, ella pareció perder el control y le agarró con fuerza las manos para cabalgarlo enloquecidamente.

Un placer sublime lo invadió.

–Bel... Eres increíble. Te...

De alguna manera consiguió detenerse a tiempo y no decir las palabras prohibidas. En vez de eso se incorporó, apretándola contra él, y la besó con frenesí para que su traicionera boca no tuviera ocasión de delatarlo. Sintió el preciso instante en el que el cuerpo de Isobel se quedaba suspendido al borde del clímax, y también él se dejó arrastrar por la incontenible marea orgásmica.

Después, se aferró desesperadamente a ella con todas sus fuerzas, como si se estuviera ahogando y ella fuese lo único que pudiera mantenerlo a flote. Y ella se abrazó a él de igual manera.

–Ahora –le dijo en voz baja y suave cuando pudo volver a hablar–, estamos de verdad casados.

Isobel se despertó en mitad de la noche. Por un instante no supo dónde se encontraba, hasta que oyó la profunda respiración de Alex y sintió su brazo rodeándola protectoramente por la cintura.

Cuando el servicio de habitaciones los despertó por la mañana, Alex volvió a ser tan bromista y encantador como siempre. Le sirvió el café, le untó de mantequilla los cruasanes y le embadurnó los labios con mermelada para lamérselos.

Luego la llevó al cuarto de baño, pero no se metió con ella en la ducha.

–Si me ducho contigo se nos hará muy tarde.

–¿Vas a decirme de una vez adónde vamos?

–A nuestra luna de miel –fue su única respuesta.

Isobel no supo cuál era su destino hasta que anunciaron el vuelo en el aeropuerto.

–¿A Nápoles? ¿Vamos a Pompeya?

–Y a Herculano –le sonrió–. Te dije que te encantaría.

Tanto como a él. Para Alex no había mejores vacaciones que recorrer ruinas antiguas.

Cuando llegaron a Nápoles, descubrió que Alex había alquilado un apartamento en un *palazzo* del barrio viejo. Una vez más, él insistió en cruzar el umbral con ella en brazos.

El apartamento era precioso. Altos techos, suelos de terracota y colores claros en las paredes. Isobel se asomó a la ventana y vio un balcón con una vista espectacular de la bahía y del Vesubio.

–Es maravilloso, Alex. Realmente perfecto.

–Estupendo, porque tenemos que hacer una cosa antes de deshacer el equipaje –volvió a levantarla en brazos y la llevó al dormitorio.

–¡Alex!

–En Nápoles se come muy tarde, así que tenemos tiempo de sobra.

Fue la semana perfecta. Desayunaban café y pasteles en la calle y se pasaban la mañana visitando museos e iglesias. Al mediodía almorzaban al aire libre y pasaban la hora de la siesta haciendo el amor en la habitación.

Tal y como Alex le había prometido, pasaron un día en Herculano y otro en Pompeya.

–Qué bonito es ver a una pareja que se siguen comportando como recién casados después de llevar juntos tanto tiempo –les dijo una sonriente turista de avanzada edad.

Alex y Isobel se miraron el uno al otro.

–La verdad es que estamos de luna de miel –explicó Alex amablemente–. Nos casamos el fin de semana pasado.

–¡Oh! –la señora se puso colorada–. Les pido disculpas. Es que al oírles hablar he notado que cada uno acababa las frases del otro, igual que hacíamos mi difunto marido y yo después de cuarenta años.

–En cierto modo tiene razón –dijo Isobel–. Hace muchos años que nos conocemos.

–Pero tardaron un poco en descubrir lo que sentían el uno por el otro, ¿eh?

–Sí, así es –no tuvo el coraje de corregir a la señora.

–Los felicito de corazón. Y les deseo que sean muy felices.

Era muy fácil caer bajo el hechizo romántico de Nápoles, especialmente el día que Alex la llevó a la Gruta Azul en Capri, una cueva bañada de una increíble luz turquesa que parecía el escenario de un cuento de hadas. Pero la excursión del día siguiente al Vesubio devolvió a Isobel a la realidad.

–No sabía que estaba tan baja de forma –se quejó cuando llegaron al cráter tras una fatigosa subida.

–La cuesta es un poco más empinada de lo que acostumbras a subir en Londres. Eres tan vaga que en el metro usas el ascensor en vez de las escaleras.

–¿Vaga yo? Solo te lo parezco porque estás acostumbrado a exhibir tus músculos en las zanjas y excavaciones.

–Si alguna vez te animas a acompañarme estaré encantado de tener una ayudante, cariño –la invitó, lanzándole un beso.

Los últimos dos días en Nápoles fueron idílicos. Buena comida, un entorno de ensueño y un sexo increíble.

Al volver a Londres y a la vida real, Alex empezó a trabajar en su nuevo empleo y pareció encontrarse a las mil maravillas. Pero Isobel notó que su jornada laboral se alargaba cada vez más y que cada noche volvía más tarde a casa. Claro que así era Alex. Siempre había sido un adicto al trabajo.

Por otro lado, no había vuelto a hablar de los hijos desde que regresaron de Italia.

Isobel intentó no pensar en ello, pero el anhelo no desaparecía. Al contrario; cada día se hacía más fuerte.

Alex se tomó dos días libres cuando se mudaron a la casa que habían encontrado en Bloomsbury. Dos días después fue Isobel quien volvió a los Cotswolds para recoger las cosas que Alex tenía en el desván de sus padres.

–Típico de Alex –dijo Marcia–. Nunca cambiará.

–Está muy ocupado con el trabajo –lo justificó Isobel–. Lo siento.

–No es culpa tuya, cariño. Y has conseguido que me llame mucho más que antes. No te esfuerces en justificarlo. Sé muy bien cómo es mi hijo. Lo importante es que te trate bien.

–Todo es maravilloso –le aseguró Isobel–. Me regaló el anillo perfecto y la luna de miel perfecta. Y nuestra nueva casa es lo que siempre había soñado.

–No me refiero a eso –Marcia iba siempre directa al grano–. ¿Saca tiempo para ti?

–Sí –aunque no tanto como a ella le gustaría.

La furgoneta que Alex había contratado llegó al día siguiente para cargar las cajas y transportarlas a Londres. Alex había accedido a estar presente si el conductor lo llamaba media antes de llegar, pero cuando Isobel entró en casa no lo encontró vaciando las cajas como había esperado, sino terminando de hacer una pequeña maleta en el dormitorio.

–¿Alex? ¿Qué ocurre?

–Tengo que ir a Yorkshire un par de días. Han encontrado lo que podría ser un barco vikingo bajo un aparcamiento. Las obras se han detenido y tengo que examinar la zona –señaló las cajas–. Si no te importa tenerlas aquí mientras tanto, las vaciaré en cuanto regrese.

–Alex, apenas dejan espacio para pasar –¿y por qué no se las había llevado a la habitación libre en el piso de arriba en vez de dejarlas en el vestíbulo?

–Lo siento, Bel –se pasó una mano por el pelo–.

Iba a ponerme con ellas esta misma tarde, pero entonces me llamaron de este sitio. Ya sabes.

–Entiendo.

–Si quieres, puedes vaciarlas tú misma o quitarlas de en medio. Como prefieras. No tengo nada que ocultar.

–¿Y cómo voy a saber lo que quieres conservar y lo que quieres tirar?

–Cualquier cosa que ya tengamos, como los utensilios de cocina y demás, puede ir a una tienda benéfica. Si quieres mezclar nuestros libros en las estanterías, por mí no hay ningún problema. Y te prometo que me ocuparé del resto nada más volver.

–¿Te vas ahora?

–Claro. De lo contrario perdería medio día de trabajo mañana, viajando hasta Yorkshire. Y si me marcho ahora evitaré el tráfico de hora punta –y además llegaría con luz suficiente para echar un rápido vistazo al yacimiento–. Me alojaré en un hotel en la carretera de Whitby –encendió su PDA y copió un número–. Este es el número, por si lo necesitas.

No tenía sentido enfadarse. Siempre había sabido que para Alex lo primero era el trabajo. Y más le valdría no olvidar que el suyo era un matrimonio de conveniencia.

Alex terminó de hacer el equipaje y le dio un beso de despedida.

–Te llamaré en cuanto llegue, ¿de acuerdo?

Ella no estaba de acuerdo, pero por la expresión de Alex sabía que estaba impaciente por marcharse y que haría oídos sordos a cualquier cosa que le dijera.

–De acuerdo. Que tengas buen viaje.

La puerta se cerró tras él, pero Isobel no fue a la ventana para verlo alejarse. No tenía sentido. A Alex no se le ocurría mirar hacia atrás y saludarla. En esos momentos ya solo pensaba en el nuevo yacimiento arqueológico.

Como no tenía nada mejor que hacer se puso a ordenar las cajas. Sacó los libros de Alex y empleó un par de horas en reordenar los estantes del estudio. Al igual que los suyos, los libros de texto Alex tenían notas en los márgenes.

Tenía una caja llena de carpetas y folios sueltos. Eran sus apuntes de la universidad, e Isobel no pudo resistirse a hojearlos. Al fin y al cabo él le había dado carta blanca.

Un trozo de papel cayó de la carpeta que estaba mirando y que correspondía a sus cursos de doctorado.

Los bocetos de Alex eran claros y precisos, pero aquel no era el esbozo de una pieza o el plano de un yacimiento. Era el dibujo de una mujer. Una mujer muy bonita, aunque parecía un poco mayor para ser estudiante.

Había más garabatos en el mismo trozo de papel, junto a algunas notas. Era como si Alex hubiera estado estudiando mientras pensaba en aquella mujer. Una D aparecía varias veces, rodeada por un corazón.

Se le formó un nudo en la garganta y lamentó haber mirado los papeles. Incluso sin la reveladora inicial, sabía que era Dorinda. La mujer que le había enseñado a Alex a no creer en el amor. Alex decía haberla olvidado, pero entonces ¿por qué conservaba su foto?

El teléfono la sacó de sus divagaciones.

–¿Bel? Acabo de llegar. Bueno, en realidad llegué hace media hora, pero he tenido que ir a echar un vistazo al yacimiento.

Justo lo que ella se esperaba que hiciera.

–Es increíble, Bel. Te encantaría. He sacado algunas fotos y te las enviaré por correo electrónico esta noche, cuando las haya descargado en mi portátil. Ojalá estuvieras aquí conmigo. ¿Por qué no llamas a Rita y le pides unos días libres?

–No puedo, Alex. Ya ha sido bastante generosa conmigo.

–Lo sé, y lo siento. Estoy siendo muy egoísta. Solo quería compartir esto contigo. Oye, volveré a casa muy pronto. Te llamo mañana, ¿de acuerdo?

Alex no se había percatado de que estaba más seria de lo habitual, pensó Isobel mientras colgaba. Porque, como siempre, solo pensaba en el trabajo.

Había cometido el mismo error que con Gary: se había enamorado de un hombre que nunca podría corresponderla.

Alex se giró por centésima vez y ahuecó la almohada. Había trabajado hasta muy tarde y le escocían los ojos, pero no podía conciliar el sueño. Y sabía por qué. La cama se le antojaba demasiado grande al no estar Isobel allí. Se había acostumbrado a abrazarla antes de dormirse, sintiendo el calor de su cuerpo y la suavidad de su piel. Sin ella sentía un desagradable vacío.

Y también un fuerte remordimiento por haberse marchado sin pensárselo dos veces. Formaba parte de su trabajo, de acuerdo, pero había dejado a Isobel sola en casa para que se ocupara de sus cosas. ¿Cómo se podría ser más egoísta?

Isobel le había parecido triste y desolada por teléfono. Y con razón. Él la había sacado del piso donde había vivido desde que rompió con Gary. Prácticamente le había impuesto aquel matrimonio. Le había prometido que la apoyaría en todo. Y a las primeras de cambio la dejaba sola.

Iba a tener que esmerarse mucho. Pensó en comprarle unas flores de regreso a Londres y en demostrarle sus sentimientos aun no estando listo para expresarlo con palabras. Tenía que dejarle claro lo mucho que ella significaba para él.

Y lo haría en cuanto acabara aquel proyecto.

Capítulo Ocho

Alex vio que la luz del salón estaba encendida al bajarse del coche y se alegró al saber que Isobel estaba en casa. Sacó la maleta, el portafolios y las flores y se dirigió hacia la puerta.

–¿Bel? –la llamó mientras abría.

Ella apareció en la puerta del salón.

–Hola. ¿Has tenido un buen viaje?

–Muy bueno –y lo mejor era que volvía a casa a estar con ella. Pero no iba a decírselo, pues no quería asustarla más de lo que ya estaba asustado él–. ¿Has cenado?

–No, quería esperarte.

–Salgamos a cenar fuera –le tendió las flores–. Para ti. Quería disculparme por haberte dejado sola con las cajas. Fue muy desconsiderado por mi parte.

–Gracias, pero no tenías por qué comprarme flores. No me ha importado ocuparme de las cajas –la sonrisa de Isobel parecía forzada–. He marcado una de ellas para la tienda benéfica, así que échale un vistazo para comprobar que no hay nada que quieras conservar. Y he dejado tus notas y apuntes para que los ordenes tú. Necesitamos otro archivador en el estudio, ya he encargado uno.

–Estupendo. Muchas gracias, Bel.

–Voy a poner las flores en agua.

Alex se esperaba al menos un beso de recibimiento. ¿Realmente quería Isobel poner las flores en agua para que no se secaran o era una excusa para evitarlo?

Sus sospechas crecieron cuando Isobel apenas dijo nada durante la cena. Era evidente que algo le ocurría. ¿Pero qué?

Lo descubrió más tarde, cuando se acostaron y él intentó abrazarla.

–Lo siento. Esta noche no puedo. Tengo el período.

–Está bien, no pasa nada –por lo que había contado antes de la boda supuso que debía de sentirse tremendamente desgraciada y frustrada por no concebir un hijo.

Lo último que él quería era presionarla y hacerla sentirse culpable por no quedarse embarazada. La situación era extremadamente delicada. Cualquier cosa que dijera o hiciese podría hacerle daño.

Se quedó donde estaba, abrazándola.

–Para que lo sepas, no estoy intentando tener sexo contigo. Simplemente me gusta abrazarte.

–Ajá –aceptó ella, pero estaba tensa y no se relajaba como normalmente hacía.

–¿Quieres que te dé un masaje en la espalda?

–No. En todo caso, debería ser yo la que te lo diera a ti, después de un viaje tan largo en coche.

–Eh, nada de «debería». No hay obligación de hacer nada, ¿de acuerdo?

–De acuerdo.

Él suspiró.

–Bel.

–¿Qué?

–Acordamos que nada de secretos entre nosotros. Suéltalo.

–No sé de qué hablas.

Alex encendió la luz y la hizo girarse para encararlo.

–Normalmente no te muestras tan reservada conmigo. ¿Te preocupa lo del bebé?

Ella tragó saliva.

–No.

Es decir, «sí», pero no quería admitirlo.

–Podemos ir a ver a un especialista –le sugirió él mientras le acariciaba el rostro–. Que te haga algunas pruebas, solo para estar más tranquila.

–No es eso.

–Pues dime de qué se trata. Por desgracia no se me da bien leer la mente.

Ella sacudió la cabeza.

–Es una tontería.

–Aun así, dímelo –le besó la punta de la nariz–. Es mejor que guardártelo.

–Está bien. Estaba mirando tus cosas para saber dónde ponerlas y me encontré con un dibujo de Dorinda. O al menos eso parecía, ya que habías garabateado una D en un corazón.

–¿Un dibujo? –Alex frunció el ceño–. Deben de ser apuntes muy antiguos. Supongo que ese dibujo estaba en algunas notas que quería conservar, porque de lo contrario lo habría tirado. No pensarás en serio que sigo prendado de ella, ¿verdad, Bel? Hace años que no la veo, y no tengo el menor interés en saber dónde está ni lo que hace. Sin contar que estoy casado contigo –la estrechó en sus brazos–. Yo no soy Gary, Bel.

–Lo sé.

–Pues dame un abrazo en vez de castigarme con tu silencio –estuvo a punto de decirle que la había echado de menos y que se alegraba de volver a casa con ella.

Pero eso no formaba parte del trato.

El amor los había hecho sufrir a ambos. Era mejor dejar las cosas como estaban. Alex se guardó sus pensamientos y la abrazó hasta que los dos se quedaron dormidos.

En los dos meses siguientes Isobel tuvo el período el mismo día y a la misma hora que siempre. Y cada vez que le ocurría lloraba hasta quedarse sin lágrimas, y luego se echaba agua en los ojos para que Alex no se diera cuenta al llegar a casa.

Cada vez que hacían el amor deseaba con todas sus fuerzas que se produjera el milagro, y cada vez se odiaba a sí misma por estar tan desesperada. Debería hacer el amor con Alex por deseo de estar con él, no por buscar un hijo.

Alex le había sugerido que fueran a un especialista, pero ella no le había hecho caso y él no había vuelto a sacar el tema. Estaba inmerso en su trabajo y no parecía darse cuenta de que el tiempo pasaba y seguían sin concebir. O quizá sí se había dado cuenta y no hablaba de ello porque en el fondo sentía alivio de no ser padre.

Pasó otro mes. Siempre había pensado que podría ajustar su reloj a partir de la menstruación. Por eso empezó a dudar el jueves a la hora de comer.

Su parte más sensata sabía que no podía ser. El estrés y la sensación de fracaso debían de haberle alterado el ciclo menstrual.

Pero al mismo tiempo la esperanza renació en su interior.

Y al acabar la jornada laboral no pudo aguantarlo más. Tenía que saber la verdad y solo había un modo de averiguarlo. De camino a casa entró en un supermercado y compró una prueba de embarazo. Nada más llegar a casa se sentó en la cocina y dejó el test en la mesa de madera.

Por mucho valor que le pusiera, sabía que una falsa alarma le destrozaría el corazón.

Pero ¿y si estaba embarazada, entonces qué? ¿Cómo reaccionaría Alex? No podía prever su respuesta. ¿Y si volvía a abortar? ¿Sería también el final de aquel matrimonio? Alex no se parecía en nada a Gary, pero el temor no la abandonaba.

–¡Ya basta! –exclamó en voz alta–. Cálmate y respira hondo. Tú no eres así, Isobel. No puedes dejarte vencer por el miedo.

Debía avanzar paso a paso. Hacerse la prueba y solo después de conocer el resultado dar el siguiente paso.

Entró en el cuarto de baño. Se hizo la prueba y esperó. Los segundos se le hicieron eternos, rezando en silencio por que el resultado fuera positivo. Por estar embarazada de Alex. Le daba igual que fuera un niño o una niña. Solo quería ser madre.

Miró el reloj. ¿Cómo podía transcurrir el tiempo tan despacio?

–Que dé positivo, por favor, por favor, por favor –se repetía una y otra vez–. ¿Es que estoy pidiendo demasiado?

Otra mirada al reloj. Solo habían pasado cinco segundos.

Miró la prueba. Apareció una línea azul en la pantalla.

Volvió a cerrar los ojos. «Que dé positivo, por favor, que dé positivo».

De nuevo miró el reloj. Ya había pasado tiempo suficiente. El resultado tenía que estar ya en la pantalla. Con el corazón desbocado, se atrevió a mirar… y rompió a llorar.

–Gracias a Dios, o al destino, o a lo que mueva al universo –susurró cuando los sollozos se calmaron–. Gracias.

Comprobó otra vez las marcas para asegurarse de que las había interpretado correctamente. Después se roció los ojos y la cara con agua fría.

Estaba embarazada. Estaba realmente embarazada. Se puso una mano sobre el vientre.

–Aguanta ahí, pequeñín. Esta vez todo va a salir bien.

Paso uno. Estaba embarazada. Lo siguiente era decírselo a Alex. Estuvo tentada de llamarlo, pero no quería interrumpirlo en el caso de que estuviera en una reunión. Era mejor enviarle un mensaje de texto: «¿Tienes idea de cuándo volverás a casa?».

Le respondió al instante: «En una hora más o menos. ¿Por qué? ¿Quieres salir a cenar?».

No podía darle una noticia semejante por escrito. «No. Solo quería hablar contigo».

Pocos segundos después recibió una llamada.

–¿Qué ocurre, Bel?

–Nada.

–Tengo tres hermanas, ¿recuerdas? Y sé que ese «nada» significa algo más. ¿Qué ocurre?

–No quiero hablarlo por teléfono –quería decírselo cara a cara, para que él no pudiera ocultar su primera reacción.

–¿Necesitas que vaya a casa ahora mismo? –le preguntó él, más preocupado que irritado.

–No. Estoy bien. No hay nada de qué preocuparse –aquello al menos era cierto–. Nos vemos cuando vuelvas a casa.

–Muy bien, cariño. Te veo después.

No era propio de Isobel molestarlo cuando estaba trabajando. Aunque últimamente él se pasaba muchas horas en la oficina. Hizo cálculos y maldijo en silencio. A Isobel debía de haberle llegado el periodo y seguramente necesitaba apoyo y consuelo. Lo que él tenía entre manos no era urgente, de modo que guardó el archivo, cerró la oficina y compró una caja de pañuelos y tres grandes tabletas de chocolate de camino a casa.

–¿Bel? Ya estoy en casa.

Ella salió de la cocina.

–No tenías que volver tan pronto.

A Alex le bastó una mirada para saber que había hecho bien en volver.

–Sí, claro que sí –dejó la bolsa en el suelo y la abrazó–. Has estado llorando. ¿Qué sucede?

–Me... –ahogó un gemido–. Me estoy comportando como una estúpida.

–No llores, cariño. Oye, no quiero presionarte, pero quizá sea el momento de acudir a un especialista. Nos haremos pruebas... los dos –enfatizó–, y después veremos qué opciones tenemos.

–No me ha venido el periodo, Alex.

–Lo volveremos a intentar el mes que viene. Podríamos pasar algún fin de semana en un sitio tranquilo, sin estrés...

–He dicho que no me ha venido el período.

Alex se echó hacia atrás.

–¿Entonces de qué se trata? ¿Tus padres están bien?

–Sí. Es... ¿Por qué no te sientas, mejor?

Un escalofrío le recorrió la espalda. ¿Iba a decirle que todo se había acabado? Dejó que lo condujera a la cocina y se sentó a la mesa.

–¿Bel? Háblame. ¿Qué ocurre?

–No sé cómo decirte esto...

Alex empezó a temblar.

–Sea lo que sea, me gustaría que me lo dijeras a las claras.

Ella le tendió algo que parecía un bolígrafo aplanado envuelto en un pañuelo.

–Échale un vistazo a esto.

Alex frunció el ceño y desenvolvió el objeto mientras ella se sentaba al otro lado de la mesa.

Era una prueba de embarazo. Nunca había visto una de cerca. Nunca había necesitado verla. Y no sabía qué estaba mirando exactamente.

–¿Me estás diciendo que...?

Ella asintió.

–El período no me llegaba y siempre lo he tenido el mismo día del mes, incluso a la misma hora –tragó saliva–. Pensé que tenía un retraso por culpa de la tensión.

Y él había estado tan absorto en su trabajo que no se había percatado de nada. Sintió el quemazón de la culpa en la nuca.

–Necesitaba estar segura –continuó ella–. Así que me compré la prueba... y salió positivo.

Alex miró el test y luego a ella, completamente anonadado.

–Estás embarazada...

–Sí.

Parecía angustiada, y no era de extrañar. Había sufrido dos abortos y Gary no había sido precisamente comprensivo con ella. Seguramente tenía miedo de volver a abortar, y de que él la abandonara igual que había hecho Gary.

¿O quizá temía que él hubiera cambiado de opinión y ya no quisiera tener hijos?

Por supuesto que no había cambiado de opinión.

Pero, aunque se esperaba que algo así sucediera, no estaba preparado para ello.

–Vamos a tener un hijo.

–Sí.

–Voy a ser padre... –tenía un nudo en la garganta y una sensación desconocida le oprimía el pecho–. Oh, Bel, vamos a tener un hijo.

–¿Te parece bien?

Alex se levantó, rodeó la mesa y la hizo ponerse en pie para abrazarla.

–¿Que si me parece bien? Me parece fantástico. Pero no debes estar levantada. Siéntate.

–No necesito –empezó ella, pero él desoyó sus protestas y se sentó en una silla para colocársela en su regazo.

–Bel, estoy... estoy tan... –sacudió la cabeza–. No encuentro la palabra. Pero es una sensación maravillosa.

–Creía que... que tú...

–¿Que saldría corriendo? ¿Que cambiaría de opinión? –vio una lágrima resbalando por su mejilla y se la besó–. No llores, Bel. Todo va a salir bien.

–Lloro porque me siento feliz. E inmensamente aliviada. Creía que tenía algún problema.

Él le puso un dedo en los labios.

–No tienes ningún problema. Hemos tenido que esperar un poco, pero ha merecido la pena –sonrió–. ¿A quién se lo decimos primero, a tu madre o a la mía?

Ella negó con la cabeza.

–No quiero decírselo a nadie hasta que pasen doce semanas, por si acaso.

Alex reconoció el miedo en sus ojos.

–Intenta no preocuparte –le acarició la cara–. Lo más probable es que esta vez todo salga bien, pero no debes correr ningún riesgo ni levantar nada más pesado que un pañuelo.

–¿No exageras un poco?

–Está bien, pues nada más pesado que un libro. Y desde ahora, nada de tareas domésticas. Yo me encargaré de todo.

–Pero tú nunca estás en casa.

–Contrataremos a una limpiadora. Como detesto planchar llevaremos la ropa a la lavandería. Y...

–Alex, estoy embarazada, no enferma.

–Estás embarazada y lo has pasado muy mal, así que no voy a arriesgarme. Eres demasiado importante para mí.

–Lo siento. Soy una tonta.

–No, no lo eres. Son las hormonas. Cuando Saskia estaba embarazada no hacía más que llamarme para ponerse a llorar por teléfono. La única forma de tranquilizarla era enviarle chocolate cada tres días. Y entonces volvía a llamarme para llorar por ser tan bueno con ella.

La ridícula anécdota tuvo el efecto deseado y la hizo sonreír.

–Estás loco, Alex.

–Loco no, excéntrico –corrigió él, y la besó en los labios–. Vamos a tener un hijo. Y te prometo que cuidaré de ti.

***

Si alguien le hubiera dicho a Isobel que Alex llegaría temprano a casa del trabajo y que su lectura de cama consistiría en un montón de libros sobre el embarazo y los niños en vez de enrevesados tratados de arqueología, se habría echado a reír.

Pero así era.

Alex también insistió en ocuparse de la cocina mientras ella descansaba con los pies en alto. Pero aunque demostró ser un magnífico cocinero, a Isobel la sacaba de sus casillas estar sentada sin hacer nada.

La paciencia se le acabó cuando Alex le llevó un vaso de agua y unas vitaminas especiales para mujeres embarazadas.

–Alex, vuelves a estar abrumándome. Sé que intentas ayudar, pero soy capaz de cuidar de mí misma.

–Por supuesto, pero he leído que las mujeres no soportan los olores fuertes en las primeras semanas de gestación, así que es mejor que no te acerques a la cocina. Además estoy preparando cosas ligeras para que no te entren náuseas.

–Todavía no tengo náuseas.

Se estaba esforzando al máximo. Tal vez no expresara sus sentimientos y se empeñara en abjurar del amor, pero por su forma de comportarse era obvio que sentía algo por ella.

Y Isobel tenía que esforzarse por contener unas lágrimas que, afortunadamente, Alex no había notado. Tan solo quería que aprendiera a confiar en ella. Que se atreviera a amarla sin temor. Que le entregara su corazón sin reservas, sabiendo que ella lo amaría de igual manera.

Alex volvió a sorprenderla cuando pidió un día en el trabajo para acompañarla a ver a la matrona. Le agarró la mano durante todo el camino y también en la sala de espera, y se la sostuvo con más fuerza aún mientras Isobel le habló de sus dos abortos.

–Les sugeriría evitar cualquier tipo de actividad sexual durante los primeros tres meses –les dijo la mujer. Los abortos anteriores no le impiden tener un embarazo normal, Isobel, pero me gustaría verla con más frecuencia. Y si tiene alguna duda o le preocupa cualquier cosa, aunque le parezca una tontería, llámeme sin dudarlo. Le concertaré una cita para una ecografía. Recibirán una carta con la fecha en pocos días.

Cuando recibieron el aviso Alex comprobó su agenda y soltó un gruñido de disgusto.

–En esa fecha debería estar en Chester. Voy a tener que hablar con mis jefes para que cambien el programa.

–¿Y si no pueden? –le preguntó Isobel.

–Tendrán que hacerlo si quieren que siga trabajando para ellos. Porque de ninguna manera voy a perderme nuestra primera ecografía.

Isobel se resistía a mirar ropita de niño o cualquier otra cosa hasta que no pasaran doce semanas, pero Alex compró un osito y lo escondió en un cajón hasta que Isobel estuviera preparada.

***

Isobel estaba leyendo en el sofá cuando sintió una sensación espantosamente familiar en el abdomen.

No, no podía ser. La sangre se le congeló en las venas y se obligó a respirar profundamente. Calma, tenía que mantener la calma.

Fue al cuarto de baño y vio sangre.

Era normal tener pérdidas al comienzo del embarazo, pero Isobel ya había pasado por eso y sabía que era algo más.

Estaba perdiendo a su bebé. Junto a sus sueños. Temblando, llamó a Alex.

–El móvil al que llama está apagado o fuera de cobertura –respondió el mensaje automático–. Por favor, inténtelo más tarde.

Pero más tarde sería demasiado tarde. Respiró hondo y llamó a Jenny, la matrona que la había visto en la clínica.

–Estoy sangrando...

–Tranquila, cariño. Sé que estás asustada, pero iré a verte en cuanto pueda. Túmbate en el sofá, pon los pies en alto e intenta relajarte. ¿Hay alguien contigo?

–No. Alex está fuera por trabajo.

–¿Puedes llamar a alguien?

–Mis padres están a dos horas de camino.

–¿Algún amigo?

–Todavía no se lo hemos dicho a nadie. Quería esperar a estar de doce semanas.

–No tengas miedo, cariño –intentó consolarla la matrona–. Muchas mujeres embarazadas sangran en las primeras semanas. Podría ser una reacción hormonal, si estos fueran los días en que normalmente tienes el periodo.

Pero Isobel conocía muy bien aquella sensación y sabía que no la provocaban las hormonas ni las pérdidas.

Cuando Jenny llegó, examinó con cuidado a Isobel y le acarició la mano.

–Isobel, cariño, tenemos que llevarte al hospital.

–Estoy perdiendo a mi bebé.

–Podría ser una amenaza de aborto. Nos lo dirán en el hospital, y si es así habrá que ingresarte y monitorizarte hasta que haya pasado el peligro. Yo te acompañaré, tranquila –le apretó la mano–. ¿Has conseguido contactar con Alex?

–No.

–Lo intentaremos después, en cuanto haya llamado al hospital. Te llevaré yo. Así será más rápido. Vámonos –le dijo Jenny .

–¿Pero y si te necesitan otras pacientes?

–Mi jornada laboral acaba dentro de tres minutos.

Isobel se mordió el labio.

–No puedo pedirte que me acompañes al hospital en tu tiempo libre.

–No me lo has pedido. Lo he decidido yo.

–Este es el contestador de Alex y Bel. Por favor, deja tu mensaje después de oír la señal.

Alex frunció el ceño. Isobel no le había dicho nada de que fuera a salir aquella noche. Él no pretendía controlarla, pero quería asegurarse de que se encontraba bien. Razones no le faltaban, conociendo el pasado de Isobel.

Había sido un error irse a trabajar. Debería haber pedido algunos favores para que cualquier otro se encargara de la excavación. No era prudente dejar sola a Isobel en su estado.

Tal vez las colegas de Isobel la habían invitado a comer fuera o a ir al cine. Isobel era lo suficiente sensata como para no asumir riesgos innecesarios, y Alex sabía que se subiría a un taxi en vez de al metro si estaba cansada. Seguramente había intentado llamarlo antes, pero la cobertura era pésima y Alex tuvo que esperar a estar de vuelta en el hotel para llamarla con el teléfono de la habitación.

Probó a llamarla al móvil.

–El móvil al que llama está apagado o fuera de cobertura. Por favor, inténtelo más tarde.

Definitivamente estaba en el cine. Muy bien. La volvería a llamar después de cenar.

Los calambres se hicieron más fuertes de camino al hospital. Al cruzar las puertas Isobel vio su nombre escrito en la pizarra blanca, bajo la palabra «emergencia».

Dejó que la tumbaran en la camilla y le desnudaran el vientre para aplicarle el gel. Jenny le sostenía la mano y le hablaba, pero Isobel no podía articular palabra.

Y entonces vio compasión en el rostro del médico.

–Lo siento mucho, señora Richardson, pero no hay latidos –le dijo amablemente–. Me temo que ha sufrido un aborto.

Todo se volvió borroso a su alrededor.

–¿Señora Richardson?

–Lo siento –ahogó un gemido.

–No tiene que disculparse. Es difícil asimilar algo así –el médico se sentó a su lado–. Está de nueve semanas; lo más aconsejable sería dejar que la naturaleza siga su curso en vez de efectuarle un legrado. ¿Puede quedarse alguien con usted los próximos días?

–Mi marido está de viaje por trabajo.

–Si quiere pasar la noche aquí, podemos arreglarlo.

–Prefiero irme a casa. Por favor.

–Yo te llevaré –se ofreció Jenny, e Isobel consiguió conservar la compostura todo el camino de vuelta a casa–. ¿Quieres que llame a Alex por ti?

–No, gracias. Ya has hecho demasiado por mí. No es justo que te robe más tiempo.

–Me quedaré contigo hasta que consigas hablar con Alex.

Isobel le dedicó una sonrisa cansada.

–Estaré bien, Jenny. Sabía que esto podía suceder. Pero gracias por tu comprensión.

Mantuvo la sonrisa hasta que la puerta se cerró. Y entonces fue al baño, se desnudó y se metió bajo la ducha. Al salir, se envolvió con una toalla y sacó ropa limpia y una compresa.

No supo el tiempo que transcurrió hasta que sonó el teléfono.

–¿Bel? ¿Ya estás de vuelta?

–¿De vuelta?

–Llamé antes y no respondiste, así que imaginé que estarías fuera con tus colegas. Tampoco respondiste al móvil.

Era como si la lengua se le hubiera pegado al paladar.

–No. Me estaba duchando y no he oído el teléfono.

–¿Estás bien?

–Cansada, nada más.

Eso al menos sí era cierto. Pero no podía contarle lo ocurrido, porque si lo hacía Alex regresaría inmediatamente a casa. Seguramente había estado trabajando hasta aquel mismo momento. Estaba a cuatro horas de camino. Si se subía al coche y se quedaba dormido al volante... No podía perder también a Alex.

–Estaré en casa dentro de dos días. Y el viernes por la mañana tendremos la ecografía.

–Sí –por más que lo intentaba no podía fingir un entusiasmo que no sentía.

–¿De verdad que estás bien?

–Sí, solo cansada.

–Date un baño caliente y acuéstate pronto –le aconsejó él–. Que tengas dulces sueños. Te llamaré mañana.

–Buenas noches –se despidió ella, reprimiendo las lágrimas a duras penas.

Cuando colgó, se hizo un ovillo y rezó por sobrevivir a los próximos días.

Capítulo Nueve

Cuando Alex volvió a llamar al día siguiente, notó algo extraño en la voz a Isobel.

–¿Ocurre algo, Bel? –le preguntó.

–¿Por qué habría de ocurrir algo?

–Es que... –tenía un mal presentimiento–. ¿Qué tal tu día?

–Como siempre. ¿Y el tuyo?

–Muy bien. Hoy he hecho algunas pruebas geofísicas y creo que tenemos algo muy interesante.

No fue hasta que se despidieron que Alex supo lo que sucedía.

Isobel no había dicho nada del bebé ni de la ecografía, cuando lo normal sería que estuviera emocionada e impaciente por ver a su bebé en la pantalla y constatar que estaba realmente embarazada.

Cuanto más pensaba en ello, más convencido estaba de que algo no iba bien.

Ella había respondido a sus preguntas de manera anodina o esquiva. Era evidente que intentaba ocultarle algo para no preocuparlo mientras estaba fuera.

Era hora de pedir algunos favores.

Le bastó con un par de llamadas telefónicas.

Luego, hizo rápidamente el equipaje, lo metió todo en el coche y emprendió el largo camino de vuelta a Londres sin importarle que fuera de noche ni que Isobel estuviese durmiendo cuando llegara. No iba a fallarle.

Al llegar a casa, entró sin hacer ruido y dejó el equipaje en el recibidor. Subió de puntillas la escalera y se desnudó antes de entrar en el dormitorio para no despertarla. Caminó descalzo hasta la cama y se metió bajo la colcha junto a ella, intentando no molestarla. Esperaría a que se despertara para hablar con ella y averiguar lo que sucedía. Por el momento, se contentaba con dormir abrazado a su mujer.

La alarma sonó y alargó el brazo para apagarla.

–¿Alex? ¿Cuándo has vuelto?

–Anoche –murmuró él sin abrir los ojos–. Sigue durmiendo. Cinco minutos más...

Pero ella estaba muy tensa y rígida. Abrió los ojos y se incorporó.

–Buenos dí... –se quedó horrorizado al verla. Estaba mortalmente pálida y demacrada, y lo más inquietante era la expresión fría y apagada de sus ojos–. ¿Bel? ¿Qué ha pasado?

–He perdido al bebé –respondió ella, impávida.

Alex la miró sin saber cómo reaccionar.

–Fue anteayer, cuando te llamé... Cuando estabas fuera.

–Sí –su voz no expresaba emoción alguna.

–¿Por qué no me lo dijiste?

–Estabas a cuatro horas en coche y no quería que dejaras lo que estabas haciendo por nada.

–¿Por nada? Habría estado a tu lado, Bel –intentó abrazarla, pero ella se apartó.

–No. Estoy bien.

–Bel –se pasó una mano por el pelo–. No sé qué decir. Lo siento muchísimo.

Ella se encogió de hombros.

–No es culpa tuya.

–Ni tampoco tuya. Tendrías que habérmelo dicho.

–¿Para que te dieras una paliza en coche después de trabajar todo el día?

–Eso fue precisamente lo que hice anoche, después de hablar contigo. Intuía que algo no iba bien.

–Bueno, pues ya lo sabes.

Él le agarró la mano.

–No me rechaces, Bel.

–Estoy bien. Tengo que prepararme para ir a trabajar.

–No estás bien. Y no puedes ir a trabajar en tu estado actual.

Ella lo ignoró y se dispuso a levantarse, pero él la rodeó con los brazos y se la colocó en el regazo.

–¿Qué haces? –espetó ella.

–Impedir que vayas a trabajar. Si intentas actuar como si nada hubiera pasado, acabarás derrumbándote.

–Estaré bien –insistió ella, pero Alex se negó a soltarla.

–Bel, sé cómo te sientes. Y si te sirve de consuelo, yo me siento igual.

–¿En serio?

A Alex le dolió que dudara de él.

–¿Cómo puedes pensar lo contrario?

–Dijiste que... –tragó saliva–, que si no teníamos hijos, no importaba.

–Eso no significa que me resulte indiferente. Después de haberme contado lo que te pasó con Gary no quería ejercer más presión sobre ti. Es cierto que nunca había pensado en tener hijos, pero cuando supe que íbamos a ser padres... –sacudió la cabeza–. Fue como si me hubieran dejado salir de una celda en la que había estado encerrado sin darme cuenta. Un mundo nuevo se abría de golpe ante mí. Un mundo que podría compartir contigo y con nuestro hijo. Y eso me hacía inmensamente feliz, Bel –se calló un momento–. Aunque ahora me sienta culpable.

–¿Por qué culpable?

–Porque tendría que haberme quedado aquí para cuidar de ti.

Ella negó con la cabeza.

–No habría supuesto ninguna diferencia.

–Pero habría estado contigo... No habrías tenido que pasar por esto tú sola –le acarició la cara–. Y aunque sabes que no creo en las supersticiones, prométeme que no me odiarás por esto.

–¿Odiarte por qué?

–Me dijiste que no querías contárselo a nadie hasta que pasaran doce semanas, y yo no se lo he dicho a nadie. En el trabajo solo dije que tenía que ocuparme de algo importante el viernes, sin especificar qué –cerró los ojos–. Pero sí que compré una cosa. Para nuestro hijo. Quería.. –no podía seguir. Apoyó la cara en su hombro y aspiró su olor. Necesitaba el calor de Isobel. Necesitaba que ella lo ayudara a encontrar su fuerza.

–¿Alex?

Finalmente también ella lo abrazó. Pero él seguía sin poder hablar.

–Alex, me estás asustando.

Él levantó la cabeza.

–Compré... compré un osito de peluche. El primer juguete de nuestro hijo. Lo siento. No tendría que haberlo hecho. No debería haber tentado al destino.

–Que compraras un osito no fue la causa de que... –no acabó la frase, pero sus labios siguieron moviéndose en silencio mientras una lágrima le caía por el rostro.

Él la apretó entre sus brazos.

–Estoy aquí, Bel. Sé que parece el fin del mundo, pero no lo es. Te prometo que lo superaremos. Porque nos tenemos el uno al otro, y eso no va a cambiar.

Ella pegó la cara a su hombro y derramó un torrente de lágrimas mientras él la abrazaba con fuerza y sentía su dolor como si fuera propio.

Finalmente ella dejó de temblar y se apartó.

–Si quieres marcharte, lo entenderé –le dijo con la voz trabada.

¿Marcharse? La miró sin comprender.

–¿Por qué iba a marcharme?

–Porque he perdido a nuestro bebé.

Él la besó ligeramente en los labios.

–Yo no soy Gary, Bel. No voy a abandonarte.

–Pero quizá nunca pueda tener hijos, Alex. No puedo privarte de eso.

–No me estás privado de nada.

–Pero acabas de decirme que querías tener un hijo.

–Sí. Contigo –le acarició la mejilla–. Si no podemos concebirlo nos plantearemos otras opciones. Y no quiero a ninguna otra mujer. Solo a ti. Creo que desde siempre.

–¿Cómo?

–Siempre has sido la única con la que he hablado.

–Porque somos amigos.

–Eres mucho más que una amiga. Y cuanto más lo pienso más claro veo que a Dorinda no la amaba realmente. La deseaba con locura, sí, pero con ella no podía hablar como hablo contigo. Y si no te hablé de ella en su momento fue porque... –se encogió de hombros–. Supongo que sentía vergüenza. Había sido un ingenuo y no quería que pensaras mal de mí. Eres el centro de mi vida, Bel. Lo has sido desde hace mucho. Nunca quise admitirlo, pero cuando te casaste sentí que estabas fuera de mi alcance y empecé a salir con una mujer tras otras buscando la misma relación especial que tenía contigo. Pero ninguna de ellas estaba a tu altura. Te quiero, Bel. Como nunca he querido a nadie. Me encanta mi trabajo, pero no soporto estar lejos de ti. Te echo terriblemente de menos cuando estoy fuera. Sé que te he arrastrado a este matrimonio y que no he cuidado de ti como mereces, pero si me das una segunda oportunidad te prometo que seré el mejor marido del mundo, y que siempre serás lo primero para mí.

–Tú me quieres –repitió ella, alucinada.

–Sí –sonrió–. Te quiero.

–Alex… –tragó saliva–. Creía que nunca te abrirías a mí. Que nunca confiarías en mí lo suficiente para dejar que te amara.

–Confío plenamente en ti, Bel –le rozó los labios con los suyos–. Tú eres mi vida.

–Eso no es cierto. Lo más importante es tu trabajo.

–Ya no. Y te lo demostraré.

–¿Cómo.

–Quítate tu anillo.

Isobel se quedó helada, pero hizo lo que le pedía y dejó el anillo en la mano que Alex extendía. Entonces él hizo una especie de truco y el anillo se desplegó en tres aros.

–Es un anillo *gimmel* –murmuró ella, sorprendida. ¿Cómo no se había dado cuenta antes? Oro blanco entre dos franjas de oro amarillo. Había visto anillos medievales como aquel en el museo: se componían de dos o tres anillos que formaban uno solo, simbolizando la unión de dos vidas. Solían tener un mensaje secreto grabado en el aro central.

–Míralo bien –la animó él.

En el aro del medio estaban grabadas las iniciales AT e IA. Las suyas. Y entre ellas aparecía la fecha de la boda.

–Dale la vuelta.

Había una segunda inscripción. *Semper.* «Siempre», en latín.

–Siempre he sabido que te quiero, pero intentaba convencerme de que solo eras una buena amiga. Y aunque te dije que era un matrimonio de conveniencia, una manera de asegurarme el trabajo y de estar más cerca de mi familia, en el fondo sabía que era algo más. Cuando pronuncié mis votos hablaba en serio.

–No dijiste nada del amor.

–Porque aún seguía intentando negarlo. Pero eso se acabó. Te amo, Isobel. Y si tú no me amas no importa, porque yo te amo por los dos –tragó saliva–. Lo que intento decirte es que prefiero estar contigo que sin ti.

Ella ahogó un gemido.

–Yo también te amo, Alex. Desde siempre. Desde que me besaste cuando tenía dieciocho años. Pero tú nunca parecías fijarte en mí, así que me conformé con ser tu amiga –sonrió amargamente–. Es una de las razones por las que no quería casarme contigo.

–Hemos sufrido un golpe muy duro, pero lo superaremos juntos.

–Lo que más quería en el mundo era tener un bebé, Alex.

–Lo sé, cariño –volvió a abrazarla–. Y yo también. Pero veamos el lado positivo. Dijiste que los médicos no investigan las causas hasta que no se han tenido tres abortos. Ahora podrán ayudarnos. Descubriremos el motivo y nos plantearemos las opciones.

El miedo se apoderó de ella.

–¿Y si no podemos tener hijos?

–Buscaremos la solución cuando sepamos el problema. Lo primero es ir al médico –le dio un beso–. ¿Por qué no vas a ducharte mientras llamo a tu jefa? No vas a ir a trabajar hoy, y Rita debería saber lo sucedido. Será más fácil para ti si se lo cuento yo.

–Pero...

–Nada de peros. Ya sé que estoy siendo muy mandón, pero lo hago por tu bien.

Ella lo abrazó y fue a ducharse. Al acabar se encontró a Alex sentado en la cocina, con una taza de café en una mano y el teléfono en la otra. Le hizo un gesto para que se sirviera una taza de la cafetera y colgó.

–Los dos tenemos una semana libre.

–¿Los dos?

–Me debían unos días de vacaciones. Propongo que pidamos una cita con un especialista y luego nos vayamos.

–¿Adónde?

–A cualquier lugar que no nos traiga recuerdos. No quiero estar aquí y pensar en lo que hemos perdido.

A Isobel se le volvieron a llenar los ojos de lágrimas.

–Yo tampoco, pero ¿eso no es intentar huir?

–No. Es alejarse lo necesario para recuperar las fuerzas y poder afrontar la situación los dos juntos. El seguro médico de mi trabajo ofrece asistencia privada, y como eres mi esposa también te incluye a ti. ¿O prefieres que te vea tu médico de cabecera?

Ella lo pensó un momento.

–Necesitamos respuestas. Cuanto antes, mejor.

–Pues vamos a ello... Pero me sentiría mucho mejor si te sentaras aquí conmigo.

Ella se sentó en su regazo y se abrazó a su cuello mientras él llamaba por teléfono.

Cinco minutos después estaba todo arreglado.

–Mañana por la mañana a las diez en punto.

–Gracias, Alex –apoyó la cabeza en su hombro–. Te estás comportando muy bien.

–La verdad es que me siento inútil –admitió él–, porque nada de lo que haga o diga cambiará nada.

–Estás aquí –y la había antepuesto a todo, no como Gary–. Es todo lo que necesito.

–Bien –la besó–. Y mañana estaré a tu lado en todo momento.

El médico le hizo a Isobel toda clase de preguntas sobre su historial médico, tomó un montón de notas y realizó un reconocimiento. Y Alex estuvo agarrándola de la mano mientras le sacaban las muestras de sangre.

Al final solo les quedó esperar los resultados.

–Esto es peor que esperar la nota de un examen –dijo Isobel cuando salieron del hospital. Tengo que volver al trabajo, Alex. Me volveré loca si me paso la semana esperando sin nada que hacer.

–Tengo una idea mejor. ¿Qué te parece si nos vamos unos días a Florencia?

–¿A Florencia? ¿Ahora?

–¿Por qué no? No nos hará falta mucho equipaje, y con todas esas iglesias, museos y plazas no tendremos tiempo para preocuparnos.

Tenía razón.

–Gracias. Pero... No será como una luna de miel. Ya has oído al médico: nada de sexo durante un mes.

–El matrimonio es algo más que sexo. Además, el médico no nos ha prohibido el sexo, sino que no intentemos buscar un hijo hasta después de tu próxima menstruación. Pero si no quieres hacer nada, esperaremos hasta que te sientas preparada. Puedo ser paciente.

–¿Paciente tú? –le preguntó ella con sorna.

–Por ti vale la pena serlo.

Y así se lo demostró. Se pasaron la semana en Florencia, paseando de la mano por sus hermosas plazas y galerías de arte. Y cuando ella se quedaba callada y se ponía a pensar en el bebé que habían perdido, él estaba a su lado para consolarla y decirle que la amaba y que todo saldría bien.

Llegó el viernes y volvieron al hospital a por los resultados.

–Pase lo que pase –dijo Alex antes de entrar–, recuerda que te quiero y que eso nada podrá cambiarlo –se llevó las manos de Isobel a los labios y le besó los dedos.

–Yo también te quiero –susurró ella.

El médico los recibió con una sonrisa.

–Necesitaré otro análisis de sangre dentro de seis semanas para emitir un diagnóstico, señora Richardson, pero por lo que me ha dicho de sus abortos y las jaquecas que sufría de adolescente, estoy casi convencido de que padece el síndrome antifosfolípidos.

–¿Qué es eso?

–Es una enfermedad autoinmune. Su sistema inmunitario ataca los tejidos sanos y los anticuerpos hacen que se formen coágulos en la placenta. Consecuentemente el feto no recibe suficiente riego sanguíneo y se produce el aborto.

–Entonces era por mi culpa –murmuró Isobel.

Alex le apretó la mano, diciéndole en silencio que no se culpara a sí misma y que él la amaba a pesar de todo.

–No es culpa suya –le explicó el médico–. Los síntomas son comunes a muchas otras enfermedades. Sin la prueba de los antifosfolípidos no habría sabido que lo tenía.

–¿Qué lo provoca? –preguntó Alex–. ¿Un virus?

–No estamos seguros al cien por cien, pero sí sabemos que hay un componente genético. ¿Sabe si en su familia ha habido abortos frecuentes, señora Richardson?

–No lo sé, pero soy hija única y mis padres lo estuvieron intentando mucho tiempo antes de tenerme.

–Puede que haya relación –el médico les sonrió–. La buena noticia es que es la causa más común de los abortos y puede tratarse. Como ya le dije necesito hacerle otro análisis dentro de seis semanas para confirmarlo, pero los otros resultados son óptimos. La presión sanguínea está bien y el cuello del útero no presenta ningún problema.

Si el segundo análisis confirma mi hipótesis, empezaremos con el tratamiento y podrá intentarlo de nuevo.

–Es fantástico –dijo Alex–. ¿En qué consiste el tratamiento?

–Una pastilla al día.

–¿Solo eso? –preguntó Isobel.

–Ya sé que parece muy simple, pero le aseguro que funciona. Multiplicará por cuatro las posibilidades de tener un embarazo con éxito.

–Una aspirina al día... –repitió ella.

–Y la seguiremos con especial atención durante el embarazo. Le haremos más ecografías para controlar el desarrollo del feto, pero todo juega a su favor.

Alex se volvió hacia Isobel con los ojos brillando de alivio.

–Todo va a salir bien.

–Solo si el segundo análisis lo confirma –le recordó ella.

–Y así será –le aseguró él con una sonrisa.

La semana que transcurrió entre el segundo análisis y los resultados parecía no acabar nunca. Pero finalmente se confirmó que el problema era el síndrome fosfolípidos.

–Esta noche vamos a celebrarlo –dijo Alex mientras la abrazaba–. Ya verás como ahora todo sale bien.

Tres semanas después Isobel llamó desde el trabajo a Alex, que estaba trabajando en casa.

–Alex, tengo un retraso.

–Está bien. Llámame cuando llegues a la estación y prepararé algo rápido de cenar.

–No, no me has entendido. Tengo un retraso.

Alex tardó unos segundos en asimilar lo que le estaba diciendo.

–¿De cuánto?

–Medio día. Pero siempre me viene a la misma hora.

–¿A qué hora llegarás a casa?

–Sobre las seis y media.

–No importa si no es este mes. Aún es pronto y tenemos mucho tiempo.

–Ajá –pero, fuera cual fuera el resultado de la prueba, sabía que iba a pasarlo muy mal, si el resultado era negativo se llevaría una amarga decepción, y si era positivo estaría con una horrible ansiedad por si el tratamiento no bastaba y volvía a abortar.

Al llegar a casa Alex la recibió con un abrazo y un dulce beso.

–¿Estás bien?

–Sí. No –se mordió el labio–. Llevo todo el día deseando hacerme la prueba, pero quería esperar a estar en casa contigo.

Él le mostró una caja.

–¿Valdrá este?

Ella sonrió y sacó una caja idéntica del bolso.

–Las grandes mentes piensan igual –dijo él–. Pero recuerda lo que te he dicho, aún es pronto y no pasa nada si sale negativo. Así tendremos la excusa para volver a intentarlo.

Pero ella no iba a cometer el mismo error que con Gary.

–No voy a hacer el amor contigo solo para buscar un hijo, sino porque te quiero.

–Y yo a ti –volvió a besarla–. Ahora métete en el baño. Llevo todo el día mirando el reloj y no puedo esperar ni un minuto más.

Dos minutos después salió del baño.

–Una línea. La prueba se está haciendo.

Juntos miraron la pequeña ventana de visualización. Y cuando apareció la segunda línea azul, Isobel enterró la cara en el pecho de Alex y se puso a llorar.

–Esta vez saldrá bien –la tranquilizó él, acariciándole el pelo.

–No lloro porque esté asustada. Lloro de alivio y felicidad –siguió abrazada a él con fuerza–. Alex, no quiero decírselo a nadie aún.

–Claro que no. Sé que estás asustada, pero esta vez será distinto. Sabemos cuál era el problema y estás haciendo todo lo que debes. Pero mañana mismo iremos a ver al médico y estaremos muy atentos durante todo el embarazo. Te prometo que en los próximos meses no me moveré de casa.

–Pero, Alex, eso no es justo. Tu trabajo...

–Trabajaré desde casa, pero no estoy dispuesto a correr el menor riesgo. Te prometí que tú serías lo primero –la estrechó contra su pecho–. Y esta vez todo va a salir bien.

Epílogo

Alex y Isobel se sentaron en el borde de la cama y contemplaron a su hija, que dormía en el capazo. Era su primera noche en casa. La primera noche que pasaban como una familia en Bloomsbury.

–Es perfecta –dijo Isobel–. Todavía no me puedo creer que sea nuestra.

–Thea. «Regalo de Dios» –tradujo Alex–. Mi padre insiste en que la llamemos Thomasina, tu padre está desesperado por encontrar una versión femenina de Stuart, y Saskia quiere que su segundo nombre sea el suyo además de ser su madrina.

Isobel se rio.

–No se llama Thea por nadie. Solo por ella.

–Aunque es tan hermosa como su madre –Alex rodeó a su mujer con un brazo y acarició la mejilla de su hija con la otra mano–. Mis dos chicas. No podría desear nada mejor, Bel.

–Y yo nunca imaginé que podría ser tan feliz –afirmó ella–. Pero contigo lo tengo todo. Un trabajo que me encanta, la hija que siempre he deseado tener… y a ti. Te quiero, Alex.

–Y yo a ti –respondió él–. *Semper.*